ELS NOSTRES AUTORS

bromera

ELS NOSTRES AUTORS

ASSESSORS LITERARIS DE LA COL·LECCIÓ

J. Barberà, S. Bataller, V. Borràs, I. Crespo i J. A. Fluixà

ÚLTIMS TÍTOLS PUBLICATS

45. *Les veus del temps (Antologia dels millors textos de la nostra literatura).* Volum I. A cura de V. Borràs, J. A. Fluixà, A. Greus, F. Machirant, V. Nàcher i E. Salom
46. *Les veus del temps (Antologia dels millors textos de la nostra literatura).* Volum II. A cura de C. Gregori, V. Borràs, J. A. Fluixà, A. Greus, F. Machirant, V. Nàcher i E. Salom
47. *Paradís d'orquídies.* Gabriel J. Manila. Introducció de Sebastià Alzamora
48. *Dos quaderns inèdits.* Joan Fuster. Introducció de Francesc Pérez i Moragón
49. *El descrèdit de la realitat.* Joan Fuster. Introducció de Romà de la Calle
50. *La teranyina.* Jaume Cabré. Introducció de Jaume Closa
51. *Crim de germania.* Josep Lozano. Introducció de Vicent Salvador
52. *Contra Unamuno i els altres.* Joan Fuster. Introducció de Ferran Garcia-Oliver
53. *El Mut de la Campana.* Josep Lozano. Introducció de Vicent Simbor
54. *Llibre dels fets.* Jaume I. A cura de Francesc Machirant
55. *Antologia Poètica.* Vicent Andrés Estellés. A cura de Juli Capilla
56. *Una biblioteca en el desert.* Joan F. Mira. A cura de Joan Josep Isern
57. *Regiment de la cosa pública.* Francesc Eiximenis. A cura de Josep Palomero
58. *Ofidi.* Josep Lozano. Introducció de Jeremies Barberà
59. *Poemes i Elogis.* Joan Maragall. A cura de Pere Calonge
60. *La mestra.* Víctor Labrado. Introducció de Carme Miquel
61. *Europeus. Retrat en setanta imatges.* Joan F. Mira. Introducció d'Enric Balaguer
62. *Discordances.* Joan Fuster. Introducció d'Enric Sòria
63. *Amor i erotisme al* Tirant. Joanot Martorell. A cura de Ricard Bellveser

Hi ha unes *Propostes didàctiques*, referides a aquest llibre, que es poden descarregar de manera gratuïta des de la pàgina web www.bromera.com.

Disseny de la col·lecció i coberta: *Enric Solbes*
Impressió: *Romanyà - Valls*

1a edició: *novembre, 1990*
34a edició: *octubre, 2010*
ISBN: *978-84-7660-075-7*
DL: *B-41730-2010*

Mor una vida, es trenca un amor

JOAN PLA

Introducció i notes:
Lluís Messeguer
Maria Àngels Corbaton

ELS NOSTRES AUTORS

bromera

INTRODUCCIÓ

1. LA LITERATURA JUVENIL I LES GENERACIONS DE LA LITERATURA CATALANA

Al llarg de les tres darreres dècades del segle XX, la literatura en català al País Valencià va evolucionar en quantitat i en qualitat com en cap altre moment de la seua història. A hores d'ara, qualsevol escriptor innovador pot prendre-hi perspectiva de generacions anteriors o actuals de la seua pròpia literatura: la poesia de Joan Brossa o de Vicent Andrés Estellés; la narrativa de Josep Pla o de Mercè Rodoreda; el teatre de Salvador Espriu o de Josep Maria Benet; la cançó de Joan Manuel Serrat o de Raimon; l'assaig de Joan Fuster o de Joan Francesc Mira; el cinema de l'escola de Barcelona o el de Ventura Pons... I fins i tot, tota una generació de literats valencians es van incorporar a partir dels anys setanta a un sistema de referències consolidat en cada gènere dins la literatura valenciana en català: baste esmentar, per exemple, el poeta Josep Piera, el narrador Joan Francesc Mira o l'autor dramàtic i guionista Rodolf Sirera.

Aquest no seria un panorama complet, tanmateix, si no s'hi tingués en compte l'adaptació de les influències de la literatura internacional, especialment la produïda en llengua castellana o en llengua anglesa, però sense oblidar autors fonamentals en llengua francesa, italiana, portuguesa, russa o àrab. La internacionalització dels gustos i les modes literàries, però, no és un fet exclusivament culte i minoritari dins la societat valenciana. Ben al contrari, l'efecte essencial de la internacionalització de l'escriptura i la lectura va ser la revolució, potser més evident, produïda a la dècada dels anys vuitanta dins el mercat literari valencià: el predomini de les obres narratives —escrites o audiovisuals— vinculades a gèneres moderns i populars de la cultura de masses: la narrativa infantil i juvenil, la novel·la negra, la de ciència ficció, l'eròtica...

És a partir del moment en què es publica *Mor una vida, es trenca un amor* que els autors valencians comencen a difondre obres històriques, juvenils, policíaques o de ciència ficció: així, l'any 1980 apareixen *Sense la terra promesa* d'Enric Valor i *Crim de germania* de Josep Lozano; el 1982, *El cingle verd* de Josep Piera; el 1983, *Viatge al final del fred* de Joan Francesc Mira i *La gola del llop* de Josep Lluís Seguí i Ferran Torrent... Si al llarg de la dècada dels setanta s'havien destacat també obres memorialístiques o d'estètica antirealista (de Joan Francesc Mira, Isa Tròlec o Amadeu Fabregat), és a mitjan dècada dels vuitanta quan es van gestant fins i tot trilogies o grups narratius dins cadascun dels gèneres populars, fetes per Ferran Cremades, Josep Franco, Ferran Torrent o Manuel J. Arinyó...

És justament en aquell temps quan apareixen alguns *best sellers* valencians: *No emprenyeu el comissari!*, de Ferran Torrent, té superats fa temps els cent mil exemplars venuts. I és en aquell moment quan la literatura juvenil es va destacant dins el sistema literari com el gènere de major influència, diversitat i perspectives de futur. Entre els *best sellers* en llengua catalana destaca *Mecanoscrit del segon origen* de Manuel de Pedrolo, i, a terres valencianes, precisament *Mor una vida, es trenca un amor* de Joan Pla.

1.1. *Les lleis de la literatura juvenil*

Un dels efectes del segle XVIII i, en particular, de l'obra de Rousseau, va ser l'aparició d'una nova percepció intel·lectual del món de la infantesa, l'adolescència i la joventut. Aquesta percepció es va anar vinculant amb les noves funcions que l'educació havia de tenir en les societats burgeses i democràtiques modernes. Així, els canvis en l'acció cultural de totes les institucions socials —de la família a l'escola, de l'Església a la política—, i l'alfabetització generalitzada a partir del segle XIX —de la dona, ja dins el segle XX— han anat modificant velles idees: el xiquet ja no és un «home incomplet», incapaç de tenir experiències autònomes; el jove té dret a una certa rebel·lió perquè l'autoritat familiar o religiosa no sempre «té raó»; i les joves i els joves ja no es redueixen a rols i imaginaris discriminats.

En aquests canvis, i en les immenses dificultats per produir-se, la literatura ha intervingut amb les seues capacitats d'imaginació, de persuasió, de diversió. També ha esdevingut instrument educatiu i socialitzador. A més, la nova situació històrica ha permés especialitzar i acostar molts dels gèneres adscrits a l'art literari culte, a uns lectors evidentment diferents del lector virtual o el lector ideal normatiu de totes les èpoques, el qual, a més de ric o home, havia de ser adult. Aquestes dues motivacions han implicat el naixement del conjunt modern d'obres literàries escrites per a infants i/o joves, anomenades precisament «literatura infantil i juvenil».

Abans del segle XIX, la literatura «infantil» o «juvenil» consistia sobretot en l'adopció de gèneres populars de transmissió oral (les faules, les llegendes, els jocs, les cançons...), per establir principis tradicionals d'ordre moral, normalment autoritaris o utilitaris. No es poden interpretar altrament les clàssiques *Faules* d'Isop, el medieval *Llibre de les bèsties* de Ramon Llull o els barrocs *Contes de ma mère l'Oye* de Charles Perrault, malgrat les diferències històriques i tipològiques evidents. En el trasllat des de la ingènua llibertat expressiva de l'oralitat fins a la propietat ordenada del codi escrit, la narrativa tradicional sofria una sèrie de controls temàtics, vinculats als usos formals i normatius de cada llengua. Cada país disposa de la seua pròpia tradició moderna de recopilacions de narrativa popular; en canvi, alguns contistes, com els germans Grimm, Hans C. Andersen, o Aleksandr N. Afanasiev, han pogut traspassar les fronteres, perquè la cultura literària es basa en idees i tècniques universals.

Alhora, encara que la literatura «infantil» ha mantingut unes certes dependències de la tradició popular, l'aparició autònoma d'una nova literatura «juvenil» al llarg del segle XIX implica una enorme diversificació temàtica (literatura d'aventures, realista, de ciència ficció) i pragmàtica (didàctica, moralitzadora, repressora, lúdica); i una diversificació formal, adequada a l'estil individual de l'autor i als usos expressius de cada llengua. La síntesi d'aquests elements és la base dels «clàssics» de la literatura infantil i juvenil universals i actuals, que van nàixer o van viure al segle XIX: Robert L. Stevenson, Jules Verne, William Thackeray, Lewis Carroll, Carlo Collodi, Emilio Salgari, Jack London...

De tota manera, tant els autors de literatura juvenil basats en la tradició com els més originals no constitueixen tota la literatura d'ús juvenil, ja que aquesta es nodreix també d'obres literàries generals: des del *Quijote* a *Romeo i Julieta,* des del *Tirant lo Blanc* al *Metge a garrotades,* des de les elucubracions d'Edgar A. Poe als viatges de Joseph Conrad... Sense oblidar que l'atractiu del llenguatge literari no és solament vehicle d'expressió d'experiències personals sinó també d'adoctrinament dogmàtic. Així, moltes obres de qualitat literària important o discutible han tingut valor per la capacitat d'influir en l'educació afectiva de generacions concretes de joves. Per exemple, en els anys de formació de Joan Pla, l'autor de la nostra *Mor una vida, es trenca un amor,* complien aquest rol les novel·les de descobriment de l'amor i el sexe, tant les de períodes immediatament anteriors (el *Diari d'Anna Frank*), com les coetànies escrites a Espanya amb finalitat moral (*La vida sale al encuentro* de José Luis Martín Vigil).

Potser, en cap altre període històric com l'actual havia estat tan institucionalitzada pel mercat la literatura infantil i juvenil, fins i tot amb organismes internacionals com l'*IBBY (International Board of Books for Young People),* que té instituït, des del 1956, el Premi Andersen. I segurament, cap altre temps ha pogut homogeneïtzar tant les experiències infantils i juvenils com alguns productes literaris passats a llenguatge audiovisual: les versions passades per la «factoria» de Walt Disney, les aventures de Harry Potter, o la imaginació realista de *Les tres bessones.*

En canvi, la seua caracterització genèrica pertinent hauria de tenir en compte elements literaris, semiòtics i històrics diversos:

1. Com adés s'ha dit, el seu origen històric, en bona part, no és escrit sinó oral, i fins i tot, quan s'ha fixat en l'escriptura, ha tingut una forta dependència de la transmissió familiar i social. D'aquest control de la transmissió del gènere no són alienes algunes conseqüències ideològiques i culturals al si de cada obra: el tradicionalisme, el mimetisme respecte al món dels adults, el moralisme, el sexisme... I també en deriven alguns elements estilístics: l'ús de l'estil directe, la primera persona, els connectors conversacionals, la sintaxi àgil i senzilla, els jocs verbals, i fins i tot, la preferència per incloure els gèneres informals, com les cartes, els dietaris o les memòries.

2. La justificació de cada obra no es basa ni en l'emissor (autor) ni en el missatge (obra), sinó en la selecció del receptor (lector infant o jove). Tota obra literària és susceptible, en principi, d'esdevenir infantil o juvenil; i viceversa: tota obra destinada a la joventut pot tenir «doble lectura». I, d'altra banda, així com les experiències o capacitats que certes persones poden percebre als vuit anys resulten inabastables per a la majoria dels adults, n'hi ha altres que es donen habitualment als vuit anys, o als quinze, i no es tornen a donar, i d'altres que són permanents i no distintives d'edats concretes.

3. La història d'aquest tipus de literatura ha depés dels avatars de l'evolució dels mecanismes de comunicació de masses. En un principi, va ser deutora de l'art de la impressió; fins al punt que, sense la il·lustració, senzillament no existiria. Després, ve el còmic. I ara, tenint en compte el predomini de la cultura audiovisual, tendeix cap a una convivència amb el cinema, la televisió, el vídeo o la literatura electrònica, o cap a una substitució per aquests.

1.2. *La narrativa juvenil al País Valencià*

Bona part d'aquest tipus de literatura té una vinculació directa amb l'educació, ja que els destinataris naturals del gènere poden beneficiar-se'n en el marc de la seua formació educativa i crítica. Els autors valencians de literatura juvenil solen ser ben sensibles al fet que els territoris de llengua catalana, i més encara el País Valencià, no havien posseït mai fins ara un sistema escolar propi, amb la sola excepció dels anys de vigència de la Generalitat de Catalunya, als anys trenta del segle XX. I la situació social problemàtica de la llengua hi ha despertat dues sensibilitats: una valoració de l'autenticitat de les tradicions i la literatura populars del país, i una concepció de la renovació pedagògica vinculada a la integració de l'escola al medi social i cultural.

En qualsevol cas, ja des de la Renaixença del segle XIX, es va consolidant l'interés pels infants i els joves com a protagonistes del canvi cultural que es proposava. Després, durant el Modernisme i el Noucentisme, s'imposa aquesta actitud en dues direccions complementàries: la traducció de literatura infantil i juvenil, en què cal fer constar la participació dels més grans escriptors, com Josep Carner o Carles Riba; i la producció pròpia, a través de revistes i autors d'èxit, com Joaquim Ruyra, Josep Maria Folch i Torres o Lola Anglada. Després de la guerra d'Espanya, l'autoritarisme de la postguerra implica un tall terrible per a la creació literària, superat finalment amb escreix per obres de referència, degudes, entre altres plomes notables, a Gabriel Janer, Mercè Canela, Oriol Vergés, Joaquim Carbó, Josep Vallverdú, Emili Teixidor, Jaume Cabré, Miquel Desclot, Isabel Clara Simó o Mercè Company.

Al País Valencià, tot i la important tradició rondallística, no hi havia una tradició poderosa de literatura juvenil. Cal destacar-hi iniciatives com les narracions de *Tombatossals* (1930) de Josep Pascual; algunes de Jesús E. Martínez Ferrando; l'antologia *Un món per a infants* (1959) de Joan Fuster i, sobretot, les excepcionals recreacions d'Enric Valor recopilades a partir del 1950 amb el títol *Rondalles valencianes.* Com es pot comprovar, el pes de la tradició hi era fonamental, i el gran canvi de la generació en què escriu Joan Pla, i la dels autors i autores posteriors, ha estat la conquesta de la creativitat literària. Sense oblidar la tradició oral valenciana, han construït algunes de les obres de referència de la cultura juvenil contemporània del país. Aquesta és la nota compartida per les autores i autors valencians de literatura juvenil de major difusió: Empar de Lanuza, Vicent Pascual, Vicent Pardo, Josep Gregori, Jesús Cortés, Pasqual Alapont, Vicent Marçà o Joaquim González Caturla...

Comparant les seues obres, es poden comprovar una sèrie d'elements temàtics i estilístics compartits:

—El conreu dels gèneres de narrativa històrica, psicològica, de ciència-ficció, d'aventures, policíaca...

—L'opció pel realisme o la imaginació, quant als llocs i els personatges, amb un predomini d'ambientació valenciana.

—Una ideologia progressista vinculada al món educatiu i una temàtica basada més en l'acció ràpida o la descripció psicològica (de vegades, amb formats de dietaris i altres tècniques) que no en la finalitat moral o autoritària.

—L'ús d'un llenguatge adequat als lectors valencians: lèxic patrimonial i alhora modern, usos gramaticals adients, fraseologia i modismes tradicionals, argots generacionals...

1.3. *La novel·la a les darreres dècades del segle XX*

No cal llegir *Mor una vida, es trenca un amor* només amb els criteris de la literatura juvenil, sinó que potser fóra millor vincular-la a la veloç successió de les modes literàries de les tres darreres dècades del segle XX.

Als anys setanta, al temps de la mort de Franco i d'un cert cansament de les protestes europees de la «revolució del 68», semblen predominar l'experimentació formal i la preferència per plantejar problemes de vida quotidiana. Als vuitanta, arran de l'explosió quantitativa de lectors vinculats al sistema educatiu i de l'atractiu de les empreses audiovisuals, floreix la diversitat expressiva en tots els gèneres populars. I als noranta, la situació sembla de síntesi: continua el creixement de l'edició i l'acumulació de noves generacions d'escriptura i de lectura, i alhora es reivindica la qualitat enmig dels paranys d'un conformisme rutinari. És a dir: mentre creix la preferència pel consum d'oci televisiu i apareixen els nous llenguatges vinculats a la cibernètica, s'hi recuperen idees ètiques i estètiques a favor d'una literatura amb actitud inquietant, imaginativa, crítica i creadora de mons.

En aquesta veloç successió d'idees i de gusts, quin lloc ocupa la generació de Joan Pla? En certa mesura, es pot afirmar que pertany cronològicament a l'anomenada «generació dels 70», encara que les seues obres, encapçalades per *Mor una vida, es trenca un amor,* són ja de la dècada dels vuitanta. Segons els estudiosos, aquella generació és composta per escriptors nascuts a la postguerra, amb l'adolescència i la joventut marcades per la situació negativa del franquisme, enamorats de la «dècada prodigiosa» dels seixanta, i fundadors d'una nova narrativa, original i renovadora, amb influències internacionals, i molt oberta a altres gèneres literaris i espectaculars.

La narrativa contemporània de les obres inicials de Joan Pla comparteix una «mitologia» generacional basada en algunes idees rellevants:

—La cultura del *pop,* del còmic i del cinema, sobretot, de la cultura nord-americana.

—El tema del record, la infància, l'adolescència i l'«educació sentimental».

—La participació social i cultural.

—La idea de la fuga o el viatge alliberador.

Per diverses raons, aquesta fornada literària va coincidir amb l'aparició minoritària, pràcticament *ex novo,* de la narrativa valenciana contemporània, que donà uns primers fruits caracteritzats tant per la voluntat d'ubicació crítica en la realitat cultural del país, com per l'adscripció al vertigen de la modernitat: així es poden explicar les primeres obres de Joan Francesc Mira, Isa Tròlec, Amadeu Fabregat, Lluís Fernàndez i Josep Piera, entre altres. I, d'altra banda, també compartien escenari amb obres d'autors de narrativa gens exempta de memòria de temps anteriors, com Enric Valor, Beatriu Civera o Carmelina Sánchez-Cutillas.

Encara que amb mestratges més generals, la generació valenciana que publica als vuitanta no tindria explicació completa sense aquests precedents. Així, les obres de Joan Pla, com les de Josep Lluís Seguí, Josep Lozano, Ferran Cremades, Ferran Torrent, Josep Franco, Manel Joan, Jordi Querol-Moisès Mercè, Josep Palomero, Toni Cucarella i les d'alguns altres coincidents en dates i llocs de publicació, no manquen de base per a indagar distintes parcel·les de realitat, a partir d'experiències vitals i socials compartides, especialització formal i preferències temàtiques: la història (Lozano, Cremades, Franco, Palomero); la política coetània o de ciència-ficció (Querol-Mercè); o la combinació de la temàtica urbana, amb ingredients de novel·la negra o eròtica (Seguí, Torrent, Joan, Cucarella...).

Si als anys setanta hi havia en l'escriptura narrativa valenciana una perplexitat entre «literatura de les arrels» i experimentalisme, és clar que als vuitanta, la promiscuïtat i l'especialització superen aquells dubtes; tanmateix, hi triomfa el primer dels camins. De fet, en aquest ampli grup no s'ha remarcat una contribució segurament essencial: la convivència d'una obertura a referents estètics internacionals i d'una forta empremta territorial, comarcal. És a dir, si moltes de les obres d'aquests autors situen l'acció a ciutats, pobles o comarques valencianes, no és per incapacitat de transcendir literàriament l'origen personal amb dosis de cosmopolitisme, sinó per una voluntat d'intensitat, d'autenticitat, de reconeixement de la necessitat de modernitzar i d'universalitzar la concreta realitat valenciana.

En principi, aquesta homologia l'exerceix cada autor, sense renunciar a les dosis corresponents de cosmopolitisme, envers el seu propi territori i a partir d'aquest: basten els exemples de l'Horta i València ciutat en les obres de Mira, Seguí, Torrent; la Ribera en les de Lozano, Joan o Franco; o la Safor en les de Piera o Cremades... O la comarca de la Plana, on escriuen novel·les en aquells anys Joan Francesc Mira, Amadeu Fabregat, Jordi Querol-Moisès Mercè, Josep Palomero o Vicent Franch. La matèria literària territorial, és a dir, la Plana i les altres comarques valencianes del nord són protagonistes d'obres com *El bou de foc* de Mira, *Abans moros que catalans!* de Querol-Mercè, *Els secrets de Meissen* de Palomero o *Palamarinar* de Franch. I, certament, la nostra *Mor una vida, es trenca un amor.*

2. L'OBRA DE JOAN PLA

Segurament, la ubicació generacional i la territorial tampoc no són suficients per a entendre aquesta obra. En qualsevol cas, Joan Jesús Pla Villar va nàixer a Artana (la Plana) l'any 1942, i l'acció de bona part de la novel·la se situa en aquell poble, allà on la Plana s'ajunta amb la vessant septentrional de la serra d'Espadà.

Les altres dues informacions biogràfiques útils són la seua professió de mestre, i la seua residència a la ciutat de Borriana (la Plana). En realitat, l'aparició de la narrativa de Pla correspon a un temps en què els mestres valencians vivien un procés d'implicació en la renovació de l'escola: anys de reciclatge lingüístic a càrrec de l'Institut de Ciències de l'Educació o d'Acció Cultural del País Valencià, i de les primeres Escoles d'Estiu del País Valencià. I Borriana, com altres ciutats amb vigoria econòmica i social, presentava una generació de notable vitalitat artística i literària: Norbert Mesado, Josep Fèlix

Escudero, Vicent Franch, Josep Palomero, Traver Calzada, Amat Bellés, Manuel Borja...

2.1. *Gèneres i constants de les obres*

Les nombroses novel·les de Joan Pla han tingut un destacat do de l'oportunitat, és a dir, una capacitat d'adaptar un estil natural i ordenat i una ideologia pragmàtica i convençuda al canviant joc d'esdeveniments del pas del temps. Per tant, la diversitat casuística i proteica d'arguments de cadascuna de les seues obres, atentes de vegades a qualsevol empelt d'oportunisme a favor del lector, és controlada per una unitat de constants temàtiques i formals.

Per comprendre la vastitud de la producció narrativa de l'autor, basta fer-ne un llistat de títols, acompanyats de la data de publicació (per cert, no massa desordenada en relació amb la data d'escriptura de cada obra):

No fiqueu llorers sobre el meu nom (1980), *Mor una vida, es trenca un amor* (1981), *Marise Allò-que-és* (1981), *La màquina infernal* (1985), *L'ordinador màgic* (1987), *L'Òmicron* (1988), *El misteriós punyal del pirata* (1989), *Un cadàver amanit amb xampany* (1990), *El poble que recuperà la lluna* (1990), *La secta del Graal* (1990), *El misteri del temple grec* (1991), *L'anell del Papa Luna* (1992), *El segrest* (1992), *El secret de Hassan, el morisc* (1992), *Grafitis* (1993), *Tots els noms d'Eva* (1994), *La venjança dels criptosaures* (1994), *Marta i el geni del molí* (1994), *La taca vermella* (1995), *L'antiquari i la papallona de la mort* (1995), *L'estranya mort de Berta* (1996), *La tornada del cometa Halley* (1996), *El bosc cendrós* (1996), *La vall dels misteris* (1997), *Els enemics de «Bola de drac»* (1997), *L'illa del faraó* (1997), *L'antiquari i la papallona de la mort* (1998), *L'última papallona* (1998), *El crist romànic* (1998), *Només la mar ens parlarà d'amor* (1999), *El temps no passa per Montmartre* (2000), *L'autobús d'aniràs i no tornaràs* (2000),

La vida secreta de Marta (2000), *El tresor de Barba-rossa* (2001) i *Cartes d'amor i de mort* (2001).

Com es pot comprovar, *Mor una vida, es trenca un amor,* segurament la millor obra de l'autor, n'és un fruit primerenc. Abans, només havia publicat una narració: *No fiqueu llorers sobre el meu nom* (1980); i el mateix any, en trau una altra, *Marise Allò-que-és* (1981).

L'una i l'altra són útils per a entendre les constants de l'escriptura de Pla, i a més, per a anunciar la tècnica bàsica de *Mor una vida, es trenca un amor:* el maneig narratiu del punt de vista. La primera de totes és un testimoni sentimental de memòria històrica dels germans Tomàs i Martí, un dels quals, Vicent, va ser un conegut líder valencianista d'Artana. Aquesta utilització literària del passat valencià i del seu propi poble nadiu la practica Pla pel camí d'una mena de lirisme ètic, amb una tècnica que repetirà en bona part de les seues millors obres: la narració en primera persona. *Marise Allò-que-és* manifesta una altra vessant dels interessos de l'autor: la modernització tenyida d'un cert cosmopolitisme formal, o més ben dit, d'un cert antiprovincianisme. Els personatges Natalie i Jean, situats en espais llunyans en un conflicte psicològic compartit, narren successivament una història en què es mescla una pretensiosa teoria sobre l'equilibri mental amb apel·lacions transcendentals al sexe.

A partir d'aquests inicis, les obres de Joan Pla s'especialitzen en la combinació d'uns mateixos ingredients. En termes genèrics, poden classificar-se en tres grans grups, que exemplifiquem amb títols concrets:

1. Novel·les de destinatari general: *No fiqueu llorers sobre el meu nom, Marise Allò-que-és* o *Un cadàver amanit amb xampany.*

2. Novel·les juvenils: *Mor una vida, es trenca un amor, El misteriós punyal del pirata, La secta del Graal, La venjança dels criptosaures, L'estranya mort de Berta, L'illa del faraó, Només la mar ens parlarà d'amor, Cartes d'amor i de mort o El temps no passa per Montmartre...*

3. Novel·les breus infantils o prejuvenils: *La màquina infernal, L'ordinador màgic, L'Òmicron, Grafitis o L'autobús d'aniràs i no tornaràs...*

Els arguments de les diferents obres solen obeir a tres criteris bàsics: l'oportunisme temàtic, és a dir, l'atenció a notícies culturals sobrevingudes o modes passatgeres; l'ús pedagògic de l'ambientació històrica; i la voluntat de crònica de les inquietuds de la generació juvenil a la qual pertanyeran els lectors i les lectores de cada obra. Encara que, és clar, en les obres més psicològiques no s'obliden els temes científics o les al·lusions a vivències concretes; i en les obres de ciència-ficció o d'història ficció, els protagonistes no estan exempts d'uns trets i d'unes aventures tractades amb coherència pel narrador.

De tota manera, al primer criteri responen, per exemple, *L'ordinador màgic, La tornada del cometa Halley, Els enemics de «Bola de drac»*, que tenen com a motivació la informàtica, el noticiari científic o la televisió. Al segon, s'hi adscriuen *El misteri del temple grec, L'anell del Papa Luna, El secret de Hassan, el morisc*, que utilitzen personatges i períodes històrics concrets. I al tercer, les peripècies sentimentals de *Tots els noms d'Eva, El temps no passa per Montmartre* o *Només la mar ens parlarà d'amor*. Aquesta darrera és, precisament, la segona part de *Mor una vida, es trenca un amor.*

En aquesta diversitat d'arguments es poden detectar algunes constants de tècnica narrativa i de preferències temàtiques de l'autor. Així, en cada obra podem trobar:

—Una colla d'amics o una parella que protagonitzen l'experiència, per contrast amb el món propi o extern.

—Un element aventurer que trenca la monotonia vital, que es resol amb tècniques de suspens.

—Una narració focalitzada en el personatge implicat per l'element argumental bàsic (quasi sempre, l'aprenentatge o l'enamorament), o en la combinació de veus narratives alternades.

—L'argument basat en un contrast: per una banda, la rutina de la vida normal, identificada amb la família i el col·legi; i per l'altra, les experiències extraordinàries, en companyia de personatges heterogenis.

—L'espai valencià i els microespais comarcals o ciutadans reivindicats literàriament, contrastats sovint amb espais aliens, representatius de l'aventura o la llibertat.

—El contrast entre idees permanents, com l'amor i la mort, i temes moderns que, en cada cas, sustenten el motiu de l'obra.

Només per concretar exemples d'aquestes constants es poden fer exercicis de relació entre obres concretes. Així, l'ambient de París en *El temps no passa per Montmartre*, d'Alemanya en *La secta del Graal*, o d'Escòcia en *La venjança dels criptosaures*. O també, el recorregut per terres valencianes i catalanes a *L'illa del faraó*, *Només la mar ens parlarà d'amor* o *L'estranya mort de Berta* i el poble costaner d'*El misteriós punyal del pirata*. O els protagonistes masculins heroics i bondadosos i les protagonistes femenines fidels i romàntiques, contrapuntades per personatges envejosos o marginals, en *El temps no passa per Montmartre* o *L'illa del faraó*. O finalment, les tècniques habituals del gènere de novel·la negra en *Un cadàver amanit amb xampany* o *El misteriós punyal del pirata*...

2.2. De Mor una vida, es trenca un amor *a* Només la mar ens parlarà d'amor

L'obra que ara ens atrau és *Mor una vida, es trenca un amor*. La coherència i la naturalitat del propòsit de l'autor en aquesta novel·la es manifesta justament en el manteniment dels seus trets argumentals i estilístics al si de *Només la mar ens parlarà d'amor* (1999), obra que no és solament una segona part d'aquella, sinó una actualització dels seus elements constitutius vint anys després.

Així, si a *Mor una vida, es trenca un amor* es troben tòpics autobiogràfics dels anys seixanta, com les cançons dels Beatles o la moto com a símbol de classe, ara a *Només la mar ens parlarà d'amor* els elements són més eclèctics: la música de Duran Duran; la intolerància hipòcrita d'uns pares, nous rics i d'ideologia autoritària, però també s'aprecia la tolerància d'uns altres pares, d'ideologia més progressista.

D'altra banda, també s'hi torna a repetir l'anàlisi de les relacions xic-xica i el descobriment del sexe, però la crisi de relacions generacionals s'emmarca ja dins una certa normalitat o bé es tracta d'una crisi més centrada en el nivell individual dels problemes.

El baladre torna a emmarcar metafòricament tota l'obra. Enllaça l'acabament de la primera amb el principi d'aquesta segona història i reapareix al llarg de tota la novel·la.

La diegesi d'ambdues obres és idèntica. També la narració és ara en primera persona i escrita amb la tècnica del contrapunt, alternant un capítol Laura, la protagonista femenina, i un altre Sergi, el protagonista masculí; tret de la introducció (presentada per Maria, la mare de Sergi, en primera persona).

D'altra banda, es pot dir, de tota manera, que el temps històric no passa debades: de fet, ja no existeixen els estudis de COU i de BUP que superen els dos joves protagonistes de l'obra. Quant a l'espai, les descripcions de *Només la mar ens parlarà d'amor* són menys líriques i més explícites; es basen en la presència comarcal: el Desert de les Palmes, Morella, Vilafamés, Peníscola, Albarrasí, la muntanya i el mar. En alguns casos, el narrador ni tan sols no diu el nom del poble, però s'endevina precisament per la descripció, de vegades, acompanyada per dades històriques, o d'interés cultural (per exemple, una visita al museu d'art contemporani de Vilafamés).

Les anàlisis de personatges també segueixen idèntic plantejament pràctic: així, per exemple, ho veiem en el retrat del món empresarial valencià representat pel pare de la protagonista: dels tarongers a l'empresa ceràmica, el món de la fàbrica, els sindicats, els drets dels treballadors...

Finalment, el temps continua subordinat a l'estil narratiu. D'una banda, el temps intern dels joves protagonistes, vinculat a la intensitat de la vivència de l'amor i a la buidor dels moments de separació. I de l'altra, el temps extern, general i en mans dels altres personatges; en aquesta obra, però, l'autor hi deixa anar dades i dates que emmarquen el pas freturós del temps històric: la mort de Franco, la moda de vestuari dels setanta i els vuitanta (els texans, les bruses transparents), l'anglés com a llengua de cultura general...

De l'una a l'altra època, del món narratiu de Maria i Sergi (a *Mor una vida, es trenca un amor*) i de Sergi i Laura (a *Només la mar ens parlarà d'amor*), el temps històric defineix canvis i, per tant, ambdues peces es poden reunir amb una mena de procés narratiu unitari de gènere històric. De tota manera, l'estil i el sentit de *Mor una vida, es trenca un amor* tampoc no s'esgoten en aquesta perspectiva temporal. És a dir, l'obra és generacional, és deutora de les lleis del gènere de novel·la juvenil de tema amorós, però, com avisàvem al començament d'aquesta introducció, és una obra complexa.

3. PER LLEGIR O TORNAR A LLEGIR *MOR UNA VIDA, ES TRENCA UN AMOR*

Si l'obra va triomfar l'any 1981 i ha continuat vigent vint anys després en el gust dels lectors i lectores joves i majors, això és, sobretot, perquè no és fàcil d'encasellar. És una novel·la que conta una història d'amor i de mort, però no és una «novel·la rosa». Conté referències al paisatge mediterrani del país, però no és una contalla costumista. Aporta moltes dades socials de trenta o quaranta anys enrere, però no és una crònica estrictament realista. Explica una fugida de casa d'una parella de joves, però no és una obra d'aventures. Tracta d'incorporar ací i allà elements formals de la modernitat, però no és en absolut cap *boutade* avantguardista... I fins i tot, encara que es fa llegir tenint en compte els esquemes que sol comportar la narrativa juvenil, o la narrativa escrita per a joves, certament pretén o pareix ser una mica «rosa», un poc costumista, un xic realista, amb algunes aventures i voluntat de modernitat.

Cal examinar aquesta summa d'elements amb alguns aspectes de cadascun dels nivells de l'obra.

3.1. *Acció i estructura*

L'estructura de l'acció, tot i subordinada a la narració en primera persona i alternant dues veus narratives, no defuig la tradició retòrica de la narrativa realista. Així, l'ordre de les seqüències s'hi agrupa segons les tres parts clàssiques:

—Plantejament (del capítol 1r fins al 9é). Presentació d'ambdós protagonistes: l'espai de la casa, constitució familiar, descobriment de la pubertat del cos: masturbació de Sergi (capítol 6é), la menstruació de Maria (capítol 7é).

—Nus (del capítol 10é al 28é). Història de l'enamorament i la relació, el coneixement del sexe, la crisi amb l'ambient, la interferència de la família i de l'escola, i la fugida a Galícia (del capítol 21é fins al 28é), on s'esdevé la vida lliure i l'embaràs de Maria.

—Desenllaç (del capítol 29é al 33é). El fracàs tràgic: el retorn humiliant al poble, les maledicències i el terratrèmol moral sobre el naixement del xiquet, el destí de Sergi, i el record perplex de Maria.

La linealitat lògica i cronològica dels esdeveniments de l'argument, tanmateix, se subordina a la construcció diegètica de la trama, car aquesta és constituïda amb dos eixos: el contrapunt i la primera persona.

Així, seguint un encadenament alternat, Maria és la narradora dels capítols senars (del 1r al 33é) i Sergi dels parells (del 2n al 32é). Aquest encadenament subratlla el protagonisme de Maria, que «embolcalla» el conjunt de tots els esdeveniments, i la raó es comprén al darrer dels capítols narrats per Sergi. D'altra banda, el punt de vista alternat fa conviure dues històries «paral·leles» i mostra sempre la perspectiva de dues versions de cada seqüència de l'acció. De tota manera, el perspectivisme hi presenta una sèrie de possibilitats més variades, com podem comprovar als exemples següents:

—Paral·lelismes argumentals: els descobriments corporals de: la primera masturbació de Sergi (capítol 6é), i la primera menstruació de Maria (capítol 7é).

—Comentaris complementaris: la descripció del lloc de residència i la classe social de cadascun dels amants (capítols 1r i 2n).

—Comentaris coincidents: el primer acte d'amor, segons la perspectiva de cadascun dels dos protagonistes (capítols 13é 14é i 15é).

—Motius socials, com la violència dels pares: el de Maria (capítols 5é i 17é), i el de Sergi (capítols 16é, 28é i 32é).

Si bé el contrapunt de narradors garanteix l'encadenament de les seqüències de l'acció, queda un aspecte curiós: l'existència paradoxal d'un final tancat (el desenllaç argumental de Sergi al capítol 32é) i alhora obert (creixement del fill al capítol 33é). El fill no té ni nom, però el títol es compleix indirectament: «mor» del tot una vida, i només es «trenca» un amor, com si aquest, pel record d'haver-lo viscut, triomfés sobre la mort. Aquest triomf es narra a la segona part de l'obra, titulada de manera màgica, i a més, amb un vers decasíl·lab que mereix la pena llegir en veu alta: *Només la mar ens parlarà d'amor.*

3.2. *Tècnica narrativa i llenguatge*

En realitat, l'ús de la primera persona narrativa acaba predominant en la construcció de l'obra. Aquesta fórmula, que confon subjecte i objecte narratius, presenta el màxim grau d'integració del lector a la perspectiva que el personatge té de l'acció.

En alguns capítols de l'obra, tanmateix, el procediment és realçat amb altres tècniques: el llenguatge poètic, l'epistolar, el diàleg en estil directe. Són com tècniques d'autentificació: el capítol 17é és una bella confessió de Maria adreçada líricament a un *tu* estimat (Sergi); el 18é incorpora cartes com a documents secrets de la relació amorosa; i el 22é presenta en primera persona plural una conversa sobre la llibertat i l'amor...

L'obra és escrita amb dos hàbits lingüístics interessants, i dignes de valoració en el moment de la lectura personal:

—Un coneixement profund del parlar valencià general i del parlar comarcal de la Plana, combinant elements dels dos àmbits territorials: per exemple, utilitza el passat simple, no habitual a la Plana però de forta tradició literària.

—Un ús especialment abundós de lèxic i de fraseologia, que dóna un to poètic i descriptiu —gens irònic, gens populista— per matisar la velocitat dels fets de l'acció. Tot i ser Maria i Sergi d'una generació poc coneixedora de les riqueses del valencià popular i rural, la riquesa lèxica i fraseològica de l'obra els dota d'una complexitat de matisos d'autèntica modernitat.

3.2.1. Els estils del llenguatge

Tot això s'evidencia també en tots els ordres de la sintaxi i de la tipologia textual de cada seqüència. Per destacar-ne un aspecte essencial, s'hi pot observar l'ús del temps verbal. Tractant-se l'obra d'una evocació del passat, l'expressió del temps hi és un element bàsic.

Com s'ha dit adés, el grau màxim d'estilització de l'ús aspectual del passat és el fet que Sergi és un narrador que recorda després del seu final a l'acció: el passatge d'aquesta fi és un dels fragments destacables de l'obra (final del capítol 32é).

Tanmateix, cal destacar-hi un doble ús aspectual de l'imperfet: amb valor imperfectiu i duratiu, o bé amb valor perfectiu i momentani. En efecte, si «el baladre creixia» al principi de l'obra vol dir que ho feia embolcallant el conjunt vital de Maria que ho recorda; mentre que si les aigües del riu gallec Lerez «es movien sota el pont de la Barca» (principi del capítol 21é), ho feien només en l'instant del plaer de la fugida de casa. El primer fet és perdurable, mentre que l'altre és momentani.

Les dues possibilitats estilístiques de l'ús de l'imperfet condicionen l'ús de tota la resta de temps i d'aspectes verbals; i la impressió de naturalitat i alhora d'aproximació de l'acció a les vivències personals del lector és un aspecte essencial de l'obra. De fet, s'estalvia l'ús de connectors o incisos de transició temporal, que tan importants solen ser en les narracions d'evolució lineal de l'acció: ací, impregnats del punt de vista del narrador, als lectors ja ni els cal saber si el fet viscut va ser «aquell matí» determinat sinó que ho era «un dissabte de primavera» indeterminat (començ del capítol 6é).

Tanmateix, el to memorialístic i autobiogràfic dels dos protagonistes presenta dues característiques complementàries: d'una banda, la modalització com a presència il·locutiva del narrador en l'acció; i de l'altra, la literaturització com a control del pas de l'oralitat del registre del narrador a la condició escrita del text. Dit altrament, el mèrit del llenguatge és doble: versemblança del to dels protagonistes, i ficció literària de la realitat de les vivències.

La combinació d'oralitat i literarietat és evident en tots els moments de l'obra. Subratllem-ho en un ben concret: la descripció que Sergi fa de la seua primera masturbació (capítol 6é, subratllats nostres amb cursiva). Sergi hi comença recordant: «El contacte de les meues mans sobre els òrgans sexuals em produïa un gran plaer»; després, en una impressió d'acceleració: «vaig oblidar-me *tot seguit* del gos i *em vaig dedicar a* estimular-me»; confirma aquesta acceleració amb el batec del cor, i en canvi, «però el plaer que sentia *m'empenyia a* continuar»; com que la privacitat de l'acte es confessa per escrit en un llibre, les sensacions que en rep són descrites amb adjectius literaris: «*inusitades* i *delitoses*», i finalment, com que el fet té connotacions compartides amb el lector, després de tenir entre els dits allò que tenen tots els homes en tal cas, és a dir, «un xerigot *espés i pastós*», el xiquet es queda una estona com un autèntic xiquet: «*embasardit, encuriosit, embadalit, indecís*».

3.2.2. Imaginació i metàfora

La compensació d'aquest estil subjectiu, sincer, versemblant, és el conjunt de procediments de literaturització de l'oralitat, sense excessos de retoricisme. Dit clar i ras: l'obra és narrativa però matisada per una concepció poètica del record i del temps. Si la narració implica un to realista, el lirisme hi aporta un to romàntic.

L'obra reïx a ubicar, ací i allà, procediments literaris en el nivell sintàctic i el semàntic: per exemple, els paral·lelismes en la construcció de seqüències llargues; i sobretot, les comparacions i les metàfores de descripció del cos. Així, arran de la primera experiència sexual dels dos amants, la pell de Maria és vista per Sergi (principi del capítol 14é) «com una poma d'hivern», a la qual el sol hi havia posat «un cotó-en-pèl». Mentre que la visió de Maria (principi del capítol 15é) se centra a narrar les seues sensacions físiques, però comença per reconéixer que s'hi havia deixat dur «com ona empentada per una brisa nova, abellidora».

De manera semblant, en els moments finals de l'acció de l'obra, Sergi recorda la seua vivència culminant (final del capítol 32é), veient uns «núvols flonjos allà dalt, que es menjaven la negror de la nit», com un «cos de plom», després un «cos de fum», i una «llum» que li deia el seu nom. Aquest encadenament de metàfores constitueix una al·legoria, ja que està integrat dins l'evolució de l'acció. La visió de Maria (capítol 33é) sent el cos de Sergi «com l'argila morta», i «ocell de fusta, àmfora foradada»; mentre el pare de Sergi, en canvi, el sacsejava «com un sac de palla del qual no es pot fer ressuscitar blat novell».

La descripció d'escenes concretes sol seguir aquest eclecticisme de procediments narratius i poètics, com es pot comprovar amb major extensió a les escenes ja esmentades fins ara, les del descobriment de la pubertat (capítols 6é i 7é), el primer contacte amorós (capítols 13é al 15é) i la seqüència culminant de la vida de Maria (capítol 33é).

Sobre el fons constant d'aquests dos registres d'estil, l'obra ofereix alguns fragments heterogenis, com la rememoració de la lletra d'una cançó dels Beatles (capítol 15é) i de cartes (capítol 18é), transcrites en un context oral, i per tant, retornant al gènere epistolar el seu origen pragmàtic de substitució escrita de la comunicació interpersonal oral.

I d'altra banda, si pogués semblar que l'ús de la primera persona ja no exigeix l'estil directe, l'obra presenta formes d'estil reportat o de diàleg. Així, la història contada per la vella Saturnina sobre la mort del seu fill Xosé i la relació amb el vell Xan (capítol 24é), o fragments de diàleg viu en un context de discurs reportat (en molts capítols, com el 7é, el 12é, el 13é, el 18é el 25é, el 26é i el 32é). Pel que fa als diàlegs, cal destacar moments en què la tècnica sembla paralitzar l'alternança dels narradors entre capítols; així, la conversa dels joves amants sobre el passat i les expectatives de la vida de la parella (capítol 22é) o la conversa sobre Galícia amb Xan i Saturnina (capítol 24é).

3.3. *Paisatge d'amor amb figures*

És aquesta una història d'amor. L'amor, en la tradició literària occidental, no ha deixat de tenir relació amb la mort. Una obra cabdal en la formació del concepte europeu de les històries d'amor, la de Tristany i Isolda, comença dient: «Senyors, us plau de sentir un bell conte d'amor i de mort?». Aquesta és la llei de totes les històries d'amor, almenys des dels temps dels trobadors medievals fins a l'època romàntica. I, per això, hi ha models evidents de mort en l'amor, a l'abast de qualsevol escriptor interessat a jugar amb aquest tema: la dels amants Romeo i Julieta, i la de l'heroi Tirant.

Malgrat la banalització literària de l'esquema amant/amada al llarg de l'època contemporània, les seues derivacions tenen una sèrie de models novel·lístics i contístics indubtables: des del dietari romàntic (el *Werther* de Goethe) fins al fulletó (*La dama de les camèlies* de Dumas), des de la novel·la d'aprenentatge (*L'educació sentimental* de Flaubert) fins a l'intent de superació dels rols masculí i femení en la relació amorosa (*Orlando* de Virginia Woolf). I l'èmfasi en la vivència de la dona ha estat ben important, precisament, en les obres més destacades de la narrativa catalana: així, en *Solitud* de Víctor Català i *Mirall trencat* de Mercè Rodoreda. Encara que no sempre la literatura juvenil ha deixat de subordinar el tema a altres gèneres: per exemple, *Mecanoscrit del segon origen* de Manuel de Pedrolo enfoca la història d'amor dels dos adolescents en un món apocalíptic posterior a un cataclisme nuclear.

Mor una vida, es trenca un amor, en encaixar el model a una història d'adolescència, aposta per un ambient realista, desproveït de fons simbòlic, i concebut com a descripció versemblant de formes reals de vida i de sentiment.

3.3.1. Realitat i mite del paisatge

Es podria argumentar, amb raó, que l'acció de l'obra es desenvolupa en un poble que no té nom. I, tanmateix, en cap moment s'hi troben a faltar elements caracteritzadors nominals. El lector hi acaba coneixent un poble ni gran ni menut, ni mariner ni de muntanya, no especialment retrògrad però conservador i resclosit. Tota la particularitat del paisatge consisteix en una mena de generalització simbòlica, car hi funciona una mena de pacte de lectura previ: el lector ha de reconéixer-hi el paisatge com a pertanyent a la infantesa de l'autor i a una concepció realista, crítica i alhora amable, de la comarca de la Plana i de les formes de vida existents al País Valencià durant una època històrica dolorosa i complexa.

El paper preponderant de la natura —és a dir, de la flora, la fauna, els microespais—, emmarcada pel pas del temps i alhora definidora d'aquest, és un tret general de la cultura rural mediterrània i, en la literatura feta al País Valencià, un tret essencial de la poesia lírica: del «paisatgisme sentimental», com el definí Joan Fuster. En certa manera, la narrativa valenciana s'havia deixat prendre aquest element, i un dels atractius de *Mor una vida, es trenca un amor* és el d'haver apostat per atorgar al paisatge i a la natura un rol definidor de l'obra, sense caure en la contemplació passiva i superficial típica del costumisme tradicional. Encara que, certament, la major part de les experiències de natura de l'obra ja no estan a l'abast de la majoria de lectors i lectores joves del País Valencià actual. Dit altrament: l'obra parla d'un món rural per a un públic format en els esquemes de la vida urbana.

Tot amb tot, les funcions concretes del paisatge a l'obra es poden agrupar en dos àmbits. D'una banda tenim l'àmbit dels microespais significatius dels elements i de l'evolució de l'acció; i de l'altra, el dels símbols representatius del sentit de la història viscuda pels protagonistes. Quant al primer grup, són particularment rellevants els espais següents:

—El barranc, com a espai de representació múltiple: metonímia del baladre, metàfora del joc, de la infantesa, de la llibertat (comproveu-ho als capítols 1r, 3r o 33é).

—Les cases, és a dir, el xalet de la família de Sergi i, en certa mesura, la casa de Maria, com a espais complementaris de l'anterior: metonímia de l'estatus econòmic, metàfora de l'opressió, de l'agressió, de la separació dels amants... (vegeu els capítols 2n, 4t, 29é o 32é).

—L'escola com a espai intermediari: del coneixement, de la relació amb la pròpia generació, de la possibilitat de transgressió de l'ordre tancat de la relació familiar (sobretot, entre els capítols 7é i el 18é).

—La muntanya i el mar com a espais de llibertat: la muntanya de la primera relació amorosa, i el món rural o costaner de Galícia com a metàfora de la fugida i alhora del paradís del sentiment (especialment, entre els capítols 21é i 27é).

3.3.2. El baladre

En canvi, el component simbòlic de la natura no es resol només en aquests microespais de les diverses seqüències de l'acció, sinó que ho fa a través de mecanismes més complexos: el sentit global de l'obra és garantit amb subtil delicadesa per determinats símbols, que funcionen com a unificadors metafòrics de la seua percepció de la vida per part dels protagonistes. Sens dubte, el més important hi és el baladre, que, de fet, no tenia precedents literaris de la intensitat amb què l'autor l'ha implicat en aquesta obra, tot i ser un element tan important en la flora mediterrània.

L'obra comença amb aquest record de Maria: «El baladre creixia a garberes a tot el llarg del barranc que passava per davant de ma casa. M'abellia veure'l sempre tan verd i ell agraïa els glops de sol que queien com un cant de cadernera, i treia pels caps de les seues branques unes flors roses que mai no he tastat perquè diuen que són força verinoses». I al final de l'obra, quan la tragèdia ja s'ha produït, la jove protagonista torna a recordar: «vaig agafar el ramell de baladre que hi havia dins del pitxer, sobre la tauleta de nit, vaig anar i el vaig llançar al barranc, en l'aigua que lliscava tèrbola, aquella aigua ploguda el mes d'abril». Entre l'alfa i l'omega d'aquest *leitmotiv* floral, el baladre lliga màgicament amb un comentari metafòric els clímaxs de canvi de l'acció: la presència de la pluja (capítol 3r), la primera agressió del pare a Sergi (capítol 16é), l'eixida del viatge a Galícia (capítol 19é), el retorn (capítol 29é), i el desenllaç de la vida de Sergi (capítol 32é).

3.4. *Les idees i els temes*

Adés s'ha definit l'obra com a història d'amor. Ara bé, la història incorpora una sèrie de tòpics i elements retòrics de la tradició literària, vinculats a la narrativa de tema amorós, que convé descriure d'acord amb la relació que mantenen amb els personatges i els temes. Els més importants al llarg de l'obra són els següents:

—L'enamorament i el sentiment amorós com a èxtasi alliberador. Així, el descobriment físic de la relació sexual dels joves protagonistes enmig de la natura o el gaudi a les platges i racons de Galícia, no deixen de presentar-se imitant aquella «joia d'amor» de la poesia dels trobadors medievals, els èxtasis místics del barroc o les llagoteries del romanticisme.

—El conflicte provocat per l'estatus social diferent dels amants. La diferència entre la família pobra de Maria i la condició rica de la de Sergi és un dels *leitmotiven* repetidament influents sobre cadascun dels personatges. Fins i tot, l'element melodramàtic final, amb l'intent de «comprar amb diners» la solució a la situació creada pel naixement del xiquet, col·labora a desfermar-hi la tragèdia.

—Els problemes derivats del conflicte generacional. L'obra presenta tot un estudi, profundament realista, del conformisme i la passivitat de les mares dels dos amants en contrast amb l'autoritarisme violent dels dos pares. S'hi relata, indirectament, el fracàs de dues classes socials, de tota una manera de viure, de tota una cultura.

—La fugida com a alliberament. Els paisatges de Galícia, i fins i tot els personatges que la representen, es constitueixen en pàtria ideal, en metàfora del cel de l'amor, destí de l'alliberament que aconsegueixen els amants amb la seua fugida de casa en l'excursió de final de curs.

—El secret de la relació amorosa. A les societats rurals, i al si de les minories socials, el coneixement de les relacions íntimes és un dels mecanismes de control i evolució social.

—La mort com a catarsi de la tragèdia derivada del conflicte entre el sentiment personal i la realitat social. En realitat, però, el caràcter de la mort sembla ser provocat per l'aplicació de tots els tòpics que l'argument posa en joc al llarg de l'obra.

En canvi, per a una anàlisi completa, cal tenir en compte les preses de posició ideològiques i morals de l'autor que impliquen tant els personatges com els temes de *Mor una vida, es trenca un amor* i, certament, la majoria de les altres creacions de Joan Pla. Aquestes preses de posició, que condicionen però sense interferir la coherència de l'estil narratiu ni la bellesa literària de la història contada, es poden agrupar en dos àmbits:

—Les definicions i crítiques del moment històric i social en què se situa. L'anàlisi del conflicte familiar és una mena d'al·lusió a la situació del final del franquisme viscuda en un poble no del tot rural: el conservadorisme, la repressió de la sexualitat, l'aparició de símbols internacionals de la modernitat urbana (la moto de Sergi, els Beatles), el paper contradictori de l'església catòlica, l'evolució del paper social de l'escola... L'obra, al capdavall, presenta un escenari tan vàlid com a testimoni de la generació nascuda en la postguerra que, en part, s'invalida (segurament, per decisió de l'autor) com una història d'amor sense context.

—Els aspectes pedagògics imputables a la condició professional de l'autor i a la interpretació didàctica del gènere de la literatura juvenil. Així, l'anàlisi de la problemàtica de l'adolescència; el respecte a la tendència al detall i al fragment viscut dels records; o la presentació dels espais i els conflictes personals en clau d'aventura. En realitat, l'autor obeeix un principi implícit de no separar les referències autobiogràfiques o ideològiques de les experiències reals, les personals i les dels personatges: aquest principi esdevé pedagògic en el sentit de ser alhora, al si de l'obra, un element de versemblança i una mostra de l'autonomia i la cohesió de cadascun dels personatges i de les relacions entre aquests.

L'un i l'altre àmbit permeten explicar fragments anecdòtics o actituds interioritzades a la història, relacionades alhora amb el món educatiu i amb el món social: des d'una autocrítica de Sergi per no saber els noms de les plantes (capítol 4t) fins a la complicitat del professor amb la realitat de cadascun dels dos amants (capítol 19é); o des de les referències al món de la dona (capítol 3r) fins a les al·lusions a problemes politicoculturals del País Valencià i de Galícia (capítol 21é).

4. CONCLUSIÓ: MÉS DE VINT ANYS DESPRÉS

Si vas llegir l'any 1981 *Mor una vida, es trenca un amor,* possiblement tens ara una trentena ben llarga d'anys i tens l'oportunitat de recordar-la i d'aconsellar-la. Si la llegeixes ara, segurament el teu pare o la teua mare podran compartir i discutir amb tu sobre els elements i els temes que reuneixen i diferencien les dues últimes generacions del segle XX. I podreu relacionar-la amb la segona part d'aquella obra, titulada amb un bell decasíl·lab: *Només la mar ens parlarà d'amor* (1999).

En qualsevol cas, tens a les mans una *opera prima:* una de les primeres narracions juvenils valencianes, una de les primeres de l'autor més prolífic del gènere, i una de les primeres a acompanyar els primers joves valencians que van poder estudiar la seua llengua a les escoles i als instituts de batxillerat.

En certa manera, *Mor una vida, es trenca un amor* es va plantejar com una narració que, a més d'una història amena del descobriment de la joventut, fos una meditació tan lírica com ideològica sobre la llibertat i la vida en un món fugaç i ple de limitacions. I, encara que tals pretensions s'hi haguessen exercit amb una crònica generacional populista i escrita amb voluntat d'incidir en la formació literària i pedagògica d'una generació de joves valencians, ha encapçalat una de les contribucions històriques de la narrativa valenciana juvenil de la fi del segle XX: la de poder ser traduïda, reinterpretada, viscuda més enllà del seu origen social i històric. De fet, el baladre continua sent un arbre verinós de fulles perennes i de flors blanques o rosades.

BIBLIOGRAFIA

BROCH, Àlex (1990): *Literatura catalana dels anys vuitanta,* Barcelona, Ed. 62.

ESTEVE, Teresa i GARÍ, Joan (1989): *La terra que està més endins. Literatura a Borriana* 1900-1988, Borriana, Ajuntament de Borriana.

LANUZA, Empar de i PÉREZ MORAGÓN, Francesc (1982): «Literatura infantil al País Valencià (1930-1982)», *L'Espill,* 16, pp. 45-56.

LLUCH, Gemma, ed. (2000): *De la narrativa oral a la literatura per a infants,* Alzira, Ed. Bromera.

SALVADOR, Vicent i PIQUER, Adolf (1992): *Vint anys de novel·la catalana al País Valencià,* València, Ed. Tres i Quatre.

SIMBOR, Vicent i CARBÓ, Ferran (1993): *Literatura actual al País Valencià* (1973-1992), València-Barcelona, Institut Interuniversitari de Filologia Valenciana-Publicacions de l'Abadia de Montserrat.

MOR UNA VIDA,
ES TRENCA UN AMOR

1

El baladre creixia a garberes a tot el llarg del barranc que passava per davant de ma casa. M'abellia veure'l sempre tan verd i ell agraïa els glops de sol que queien com un cant de cadernera, i treia pels caps de les seues branques unes flors roses que mai no he tastat perquè diuen que són força verinoses.

El baladre creixia en companyia d'un riu de pedres, i per això, quan jo era més menuda, pensava que el barranc deuria fer olor de pedra ramblenya. El barranc lliscava com una serp ampla i es perdia tot buscant la mar entre una renglera de lledoners que, a la tardor, dibuixaven lledons negres entre el seu verd.

A mi m'agradava baixar al fons del barranc i jugar-hi amb l'arena. Feia clots ben grans i després hi abocava la cara i confessava els meus secrets de xiqueta solitària i, en acabat, arrancava unes flors de baladre i les tapava amb la sorra. Calia que s'hi marcissen i podrissen, perquè, si no, algú descobriria aquells secrets amagats.

Això em va passar la primera vegada que em vaig sentir una miqueta preocupada. Jo tenia per aquells dies una gran pena. Ma mare duia la panxa inflada i era, m'assegurava, perquè jo havia de tenir un altre germanet. Era el que faria cinc. Jo preguntava a ma mare que com li eixiria de la panxa, i ella em contestava que els xiquets, quan ja són criadets a dins de les panxes de les mares, se n'ixen pel melic. Jo, de nits, mirava el meu melic i el veia tan petit que pensava que era impossible que pogués cap nen traure'n el cap, encara que el de les mares fos més gran. I estava jo ben preocupada per ma mare. Vaig confiar el meu secret a un clot d'arena, i hi vaig reblir la meua pena. Quan me'n pujava cap a ma casa, vaig veure que Sergi era a l'altra riba del barranc, abocat a la barana que rodeja el seu xalet, i m'observava. Sergi era de la mateixa edat que jo. El seu xalet era nou i ben bonic. Ell, Sergi, era moreno com un grapat de mosques i tenia els ulls ben grans, i quan a l'escola el podia observar de prop, m'encisava guaitar-li el blanc dels ulls, que semblava que li'ls havien emblanquinat, com quan emblanquinen, les dones, els panys de les cases per a festes. Vaig quedar-me quieta i deixí el cap tombat cap a ell, que devia semblar embadalida. Em vaig asseure a la vora del barranc i hi vaig esperar per veure si se m'acostava. Ell, però, va fer mitja volta i se'n tornà cap a dins del seu xalet. Vaig quedar-me tota despagada, tanmateix no vaig poder evitar de començar a estimar-lo sense saber com ni per què, que potser jo el necessitava, i li vaig llançar a l'aire mitja dotzena de besos. Després me'n vaig entrar cap a ma casa.

Mai no sabré si ma mare em degué veure que m'observava el melic constantment i que me l'estiragassava i tractava de fer-me'l ben gran. Al cap de dos dies d'haver amagat el meu secret, ma mare digué a taula, mentre dinàvem, que jo era una incrèdula perquè no em refiava que els xiquets poguessen eixir de la panxa de les mares pel melic, i que si jo coneixia un altre lloc pel qual en poguessen sortir, que ho digués davant de tots els meus germans. M'enrabià que ma mare es burlàs de mi davant de tots, però em vaig astorar de veure com ella havia descobert el meu gran secret. Vaig esclafir en un plor i no vaig voler dinar, després que havia tingut el plat entre mans amb la intenció de llançar-lo a terra i trencar-lo. Només la cara que va fer mon pare, que quan s'enfadava li eixien els dimonis a ramats pels ulls, me'n va retenir.

Tot valent-me del meu enuig, me'n vaig eixir de casa i em dirigí cap al barranc. En arribar a on havia fet el darrer clot, el vaig veure tot escarbat, com si fos una entrada d'un cau de talps. I les flors del baladre n'havien desaparegut.

Els ulls se'm van amerar de llàgrimes. Vaig sentir, ara més que mai, una gran necessitat de comunicar-me amb algú, i dirigí el meu esguard cap al xalet de Sergi, per veure si ell hi era i venia a consolar-me de la meua pena que es tornava cada vegada més gran. I com que ell no hi apareixia, vaig agafar les pedres que tenia pel costat i les llançava contra sa casa. I quantes més n'hi tirava, més ràbia sentia i més m'enfuria jo mateixa. Després em vaig deixar caure sobre el llit del barranc i ningú no venia a consolar-me, ni ningú s'acostà a recordar-me que havia d'anar a l'escola. Quan em vaig alçar, duia tot el cos marcat a clots de color rosa intens a causa de les pedretes damunt de les quals havia estat gitada.

Vaig tapar el sot amb pedres grosses i vaig caminar un poc més amunt, fins que vaig trobar una bona mata de baladre i m'hi vaig ficar, ajupida, jo i les meues penes. Quan es va fer poqueta nit, vaig començar a oir el meu nom. Jo m'havia quedat amb tot el fred del vespre a les mans, i les cames no es volien deixondir. Era mon pare que em cridava, i em cridava amb ràbia.

2

Els núvols de cotó s'havien menjat la llum del sol, de tan enfadats com estaven, i havien començat a arruixar-nos d'aigua, i en els vidres de les finestres regalimaven gotes fent curses precipitades que es perdien cap a l'ampit de la finestra.

La mare havia encés la llar de la casa perquè afirmava que la minyona tenia mans de manobre i encenia el foc de tal manera que la casa s'omplia de fum. Jo, quan ho vaig sentir dir a ma mare, vaig estar molt de temps que no volia que la minyona em servís el dinar, i jo no sabia què significava que ella tenia les mans de manobre, però se m'afigurava que les mans se li havien tornat molt grans i que les duia plenes d'una pasta roja, i això devia ser perquè les portava sempre escaldades de tant de rentar la nostra roba a mà.

A mi m'encisava molt que la meua mare em deixàs anar posant les branques de llenya de garrofer eixuta sobre el foc, perquè eren lletges i tortes i no m'agradaven. De vegades en feia una pilera tan gran que apagava el foc que hi havia a sota i ma mare m'estirava les orelles. Jo, però, no n'escarmentava mai i sempre ho tornava a fer. Després m'ajupia a terra a la vora de la llar i guaitava com aquelles branques anaven abrivant-se i cremant-se a poc a poc i de vegades espetegaven amb forts esclafits que m'esglaiaven. Mon pare deia que eren bales que s'havien encastat a dins les branques en temps de guerra, i aleshores jo no comprenia com unes bales que no feien esclatar tot el munt de llenya pels aires eren capaces de matar ningú. Les galtes em cremaven i semblava que les flames eixien dels meus ulls, fins que d'un pessic algú m'apartava de la vora de la llar.

Aquella tarda m'havien captivat els núvols blancs que s'estenien per dalt del barranc i sobre tot el poble com un estol de coloms blancs. La minyona afirmà que nevaria, i jo no m'ho volia perdre perquè mai no havia vist nevar. Quan preguntava a ma mare que com era la neu, sempre em contestava que com el cotó-en-pèl gelat, i que quan n'agafaves una volva, se't desfeia a les mans abans no poguesses guaitar-la bé, perquè els angelets se la tornaven a endur al cel.

Els vidres, amb el contrast de la calor de la llar, s'havien entelat completament, i jo em passava llargues estones netejant-los amb les meues manetes, que se'm quedaven glaçades del contacte amb el vidre gelat com pomes d'hivern. De tant en tant m'atansava a la llar i passava les meues mans per damunt les flames i, quan les tenia calentetes com un bunyol, tornava a apropar-me a la finestra per tal d'entrellucar a fora i veure quan començava a davallar la neu.

Era una pluja molt escarransida la que anava caient durant una llarga estona. La fadrina assegurava que això era ja aiguaneu i que la neu ja no tardaria a arribar. Em va entrar un neguit fort i vaig començar a plorar encabotat que volia que nevàs. El meu pare, en comptes de consolar-me, estava també empipat ja que deia que feia molt de fred i que li podria gelar les taronges i els tarongers. I em va esbatussar les anques fins posar-me-les com unes roselles d'abril. Tot seguit em va donar un joguet per tal que jugàs i deixàs de fer empipar la gent. De tan enrabiat com estava, vaig agafar la joguina, vaig obrir la finestra i la vaig llançar barranc avall. Una glopada de vent glaçat va envair l'estança i em sembla que àdhuc les flames es degueren gelar també. En aquell moment precís, però, la minyona començà a fer crits tot dient que la neu havia entrat en casa i que no l'havíem vista.

Ens vam abocar tots a la finestra i em passà aviat la irritació. Ma mare m'estrenyia entre els seus braços i m'anava ensenyant tanta quantitat de flocs de neu com queien del cel, que jo no aconseguia de veure sinó un espai tot ple de pigues blanques, i els meus ulls eren dues finestres esbatanades i desitjava que tota la neu em caigués a dins dels ulls per veure-la millor. I com no podia abastar tant de borralló de neu, vaig voler que ma mare obrís la finestra per tal de poder tocar aquell cotó-en-pèl gelat dels àngels. M'ho van negar perquè deien que ens refredaríem tots com adés, i com em vaig tornar a encabotar, la fadrina insinuà que em podien abrigar ben abrigadet i traure'm un momentet a la terrassa a fi que paràs la mà i que empomàs algun floc. La meua mare ho acceptà, no sense assegurar-se que aniria ben abrigadet. Recorde que a penes em van deixar dos ulls com dues olives i la mà dreta destapats. La resta era un feix de roba mal lligada. Em van haver de dur a braços i m'estenien el braç cap a fora, i jo obria la maneta tant com podia, que semblava que la neu desapareixia entre els meus dits i no me'n queia gens damunt la palma de la mà. Quan, finalment, s'adonaren que m'havia caigut un borrallonet al damunt, se'n van entrar tots contents cap a l'estança i em desenrotllaren la bufanda que portava per la cara a fi que veiés bé la neu. Però només vaig observar-hi un tros de palmell xopat. Aleshores, ma mare em tornà a contar, i jo m'ho vaig creure, que els angelets se l'havien endut al cel i que no tardaria a caure novament. Per més que vaig continuar guaitant com queia la neu, tova com un pollet nou nat, no vaig endevinar quin floc era el meu.

Va haver-hi un moment que la ratxa es va deturar. Tot el terra havia quedat com embolcallat en un son blanc.

Encara no era hora de ser de nit, però tot era a mitja fosca, i semblava que els ulls s'havien omplit d'una boira cansada i pesarosa. De l'altra banda del barranc vaig veure com eixia de la casa tota la família xisclant de contents i començaren a replegar la poqueta neu i en feien petits pilots que es llançaven a la cara o que algú ficava a l'altre per l'esquena. Jo els envejava i em moria de ganes d'eixir i hauria volgut ser en aquell moment un xiquet pobre com ells. Al cap d'una estona, com que hi havia tan poca neu, una de les germanes va baixar cap al barranc i vaig endevinar una de les germanes, la Maria, que corria esmaperduda cap a casa i portava a les mans la joguina que jo havia llançat uns moments abans.

Em vaig acostar plorant cap a mon pare, que creia que era el culpable per haver-me donat la joguina, i, amb les galtes regalimant llàgrimes, li ho vaig contar i li vaig demanar que anàs a casa la Maria perquè li tornàs la joguina. Mon pare s'hi va negar i tractava de convéncer-me que, com que ells eren pobres em calia donar-los-la, ja que jo en tenia massa, i que si en volia una altra com eixa, ja me la compraria. Però jo volia aquesta. Després em vaig consolar quan ma mare em prometé que me'n compraria dues en comptes d'una, i les que jo volgués de capritx.

Més tard començà a caure la neu de bell nou. Jo ja n'havia perdut la il·lusió, perquè pensava en la joguina que m'havien furtat a causa de la neu, i només m'abellia que sortís el sol per a poder eixir a jugar al jardí del xalet.

3

Però el llit del barranc guarda per a mi, dins del seu ample ventre, més records agradables que no dolents. En les hores en què no hi havia escola, els meus germans i jo ens perdíem entre el baladre i els esbarzers com una processó de talps. Hi descrobríem els nius de les serps i dels ocells. Els primers anys, que patíem molta gana, ens endúiem a casa els ouets dels ocells i trencàvem els de les serps perquè ens feia ois de menjar-nos-els, encara que ma mare assegurava que eren tan bons com els dels ocells. Sempre li mentíem i li juràvem que mai no en trobàvem cap. Ella responia que no s'ho creia, i a fi de convéncer-nos afirmava que, si volíem tenir tan bona vista com les serps, no ens ho pensàssem tantes voltes i que quan en trobàssem que en duguéssem.

A remats d'estiu, amb els esbarzers pigats de móres granuloses i negres, ens entreteníem a collir-les i en féiem pomells tot fent-les passar entre els brins d'abellatge, i ens servien de postres per a després dels menjars. A mi m'agradaven més les móres que encara no estaven madures del tot, les que tenien aquell color rogenc. Eren més dures que les altres i quan les mossegaves, senties com esclafien a dins la boca i escorrien un suquet agredolç, talment com la mare deia que era la nostra vida sobre la terra. Acabava sempre per deixar de menjar-ne perquè la llengua se'm quedava tota eixuta i aspra com l'espart, i als dits de les mans no em cabien més punxades, que semblava que havia estat cosint i punxant-me tot el dia.

Sergi vivia al seu xalet. Era un xalet nou i contrastava amb la nostra casa humil, tots dos afrontats a l'una i a l'altra banda del barranc. Com que ell se sentia sol perquè era fill únic, baixava a jugar amb nosaltres i li teníem un gran respecte perquè li envejàvem el xalet i perquè sempre anava ben vestit. Sense haver de preguntar-nos-ho cap dels germans, el vam considerar líder indiscutible, perquè cal dir que tenia geni i, quan s'empipava, alçava tanta de pols i remolí com un jònec malcriat. No sé per quina raó, jo sempre eixia en la seua defensa i em posava en contra dels meus germans.

Una vesprada, mentre corríem per la part alta del barranc, Sergi va descobrir un niu de pits-rojos dins d'una bardissa perquè n'havia vist fugir la mareta. Ell, que era tan agosarat per a altres malifetes, no s'atrevia a endinsar-se entre els esbarzers. El meu germà major va dir que si aconseguia d'arribar al niu, seria seu. Sergi va contestar amb un gest d'impotència que bé. El meu germà major s'hi va endinsar i es va esgarrar la camisa ja apedaçada en l'intent, però finalment va eixir amb tot el niu de pits-rojos en una mà i se'l protegia contra el si. Amb molt de compte ens el va mostrar i a dins vaig veure tres pardalets que a penes es bellugaven. Tenien una part del cos de color rosa i un bec groguissó. De la punta de les ales i de la cua els eixia una cosa lletja que el meu germà explicà que era perquè estaven encara en canonets. Els canonets eren com les agulles de les plomes quan comencen a nàixer, sense el plomissó que tenen quan són grans i, per tant, no podien volar encara. Al Sergi, quan els va veure tan bonics i graciosos, se li van omplir els ulls de llàgrimes i va començar a afirmar que eren seus perquè ell havia vist primer que ningú com eixia la mareta del niu, i que si no arriba a ser per ell no l'hauríem descobert. Jo el vaig veure tan apenat que vaig dir al meu germà que el Sergi tenia raó, que les coses són del qui les descobreix primer i que ell seria un lladre si no li'l lliurava. El meu germà replicà que les coses són de qui les agafa, i que qui no té coratge acaba sent com un toro capat al que li acaben penjant l'esquella. Li vaig contestar que no tenia raó, i el Sergi, en veure que el defensava, es va llançar cap a ell i, d'una manotada, intentà llevar-li el niu.

Els tres pardalets van caure a terra i hi hagué una pugna per veure qui es feia amb ells. Quan van aconseguir d'agafar-los, els tres pits-rogets estaven mig esclafats. Cadascú va intentar de fer reviure el seu ocell, tot amanyagant-lo per damunt del llom. Quan ja es van convéncer que no havien de ressuscitar, no sabien què fer-ne, i algú va dir que seria bo que els soterràssem com calia. Férem un sot a l'arena i els vam colgar els tres junts, i a dalt els ficàrem una creu, talment com si haguessen mort tres albats.

Va ser a causa d'una tronada d'estiu. A mi m'encisaven les tronades. Darrere de la finestra estant, guaitava els núvols tan negres o tan blancs, com si uns fossen els àngels i els altres els dimonis, i començassen a barallar-se. Jo resseguia amb els meus ulls astorats la caiguda dels llamps i observava a veure quin de tots treia més cues i s'allargassava fins a tocar el cim de les muntanyes. La tarda fosca s'il·luminava durant un pensament. Els meus germans i jo intentàvem d'encabir en la conca de les nostres mans els llampecs, però sempre acabaven escapant-se. La pluja queia tot seguit a ramassades, i sempre agafava més d'una oroneta desprevinguda i la xopava de cap a cua, i jo patia per si ja no podia volar i s'estavellava contra terra. La primera olor de terra xopa m'entusiasmava, com el perfum que fa el pa acabat de coure. El carrer s'entollava i tot seguit ell mateix criava reguералls per on anava expulsant l'aigua cap al barranc. Una remor blava i groga d'aigua parladora em pujava cames amunt i em pessigava la panxa, i jugava per la meua esquena, i em besava les galtes com una papallona humida, com una formiga maliciosa, com un gatet, com uns llavis humits.

Quan passava la tronada, el barranc replegava l'aigua i la deixava lliscar per un dels seus costats. Els baladres relluïen envernissats quan el sol tornava a traure, entre el blau dels núvols, els seus rajos de caramel dolç. Amb muntons de sorra barràvem el pas a l'aigua i la replegàvem en un gran toll. El Sergi sempre tenia recel de baixar i ajudar-nos. Tot seguit, a genollons, formàvem canals i més canals que anaven desembocant en altres tolls més menuts. Cadascú ens convertíem en els amos d'un estany. Quan ja estàvem tots amanits, obríem una escletxa en la resclosa i l'aigua anava repartint-se per tots els estanys. A dins d'ells manava cadascú i no hi podíem entrar sense el permís de l'amo. Cadascú imaginava les seues aventures. Els xics solien pensar que aquells tolls eren la mar i que hi havia vaixells de guerra que lluitaven els uns contra els altres. Jo imaginava un estany tot ple de cignes, amb una caseta encantada al mig. Hi vivia el meu príncep, que comprenia les meues penes. A l'altra banda hi havia una mata gran de baladre i, al seu darrere, s'amagava un drac que se'm volia menjar. Jo sempre acabava tirant pedres al príncep perquè mai no apareixia en el meu socors.

Com era d'esperar, acabàvem sempre xops com l'aigua i amb les orelles plenes de fang.

El pare de Sergi va eixir a vora el barranc i, en veure el seu fill com anava de xop i brut de cap a peus, i l'aspecte que nosaltres devíem fer, pitjor que ell, amb els nostres vestits més pobres, va baixar, mogut per una embranzida, i va escalfar el cul al Sergi fins fer-li'l com dues tomates. «Que no et veja mai més jugar amb aquests pollosos», li va xisclar. «¿Que no et compra el papà prou joguines perquè pugues jugar tot sol?» El Sergi se'n va anar plorant encanat, amb una boca oberta com una campana grossa del campanar. I ja no va baixar a jugar més amb nosaltres, perquè la minyona no el perdia de vista.

I cada vegada que plovia, al poc de temps, el baladre llucava fillols i més tard s'omplia de noves flors, i el barranc semblava sempre un jardí agraït a la pluja i al sol.

4

El jardí que hi havia mig voltant el xalet era ben espaiós i hi havia lloc per a esplaiar-se jugant i corrent, i fent-hi créixer tota mena de plantes d'adorn, plantes que treien flors i arbres que ens cobrien d'ombra durant l'estiu. Hi havia un gesmiler curull de flors. M'encisava omplir-me'n de la flaire fins a vessar. Sempre em posava en direcció d'on venia el vent, i el gesmiler enmig de tots dos.

Sobre una part de la barana que donava al barranc, s'enfilaven i s'entrelligaven els branquillons dels rosers, i a remats d'hivern i durant tota la primavera, tot era un esclat de colors, com un castell de focs artificials. En rogles ben distribuïts hi havia massissos de dàlies, lliris, margarides blanques, violetes, geranis i altres plantes el nom de les quals mai no he après. Enfrontat al desmai hi havia una figuera de les que fan figues-flors. A mi m'encantava molt enfilar-m'hi per la soca corcada, malgrat que la minyona se n'empipava i em recordava constantment el perill que corria ja que les branques de la figuera eren més falses que un xavo negre. Però jo em distreia, quan era més menut, durant el temps en què les figues començaven a tenir bona mida. Amagat entre el pampolam, deixava caure alguna figa botinflada sobre la criada, o enmig del rogle de gent quan hi havia alguna visita. També en llançava a Maria i als seus germans, d'ençà que mon pare em prohibí baixar a jugar amb ells; i era de la ràbia que tenia de veure'ls divertir-se a pler pel llit del barranc, i jo sense poder anar-hi, encadenat com el meu gos llop.

Perquè fora dels qui venien a visitar-nos acompanyats d'algun xiquet, jo només jugava amb nens durant les hores escolars. I si el xiquet que acompanyava la visita em queia malament, m'hi negava a jugar i li treia la llengua i l'insultava, i li manava que se n'anàs. Mon pare sempre acabava esbatussant-me les anques, em tancava a dins de casa i em deia que era un maleducat.

Hi havia dies que em trobava a gust, tot sol, i em distreia desmuntant les joguines i intentant tornar-les a muntar, que sempre acabava que em sobraven peces i podia fabricar-me un altre joguet.

Quan era més fadrí i havia pres la comunió, no em podia deturar tant. La minyona sempre m'excusava davant de ma mare dient que carn que creix no s'està quieta, com la cua de les sargantanes. I jo me n'aprofitava tot el que podia. Recorde que cap a remats d'estiu les flors dels lliris ja estaven marcides, i no me n'agradava gens l'aspecte, que semblaven pallorfes. Em vaig entretenir amb el baló llançant-lo sobre cadascun dels canyots dels lliris, fins que van quedar aixafats com si s'hi haguessen rebolcat al damunt una dotzena de porcs senglars. Però el que més greu em sabé va ser que quan ma mare eixí al jardí i s'adonà de la malifeta, no es va enfadar gens i digué, senzillament, que en comptes de trepitjar-los amb el baló, els haguera pogut segar amb una corbella, i haguera estalviat feina a mon pare. Afegí que els canyots, calia segar-los i tirar-los i que només havia de conservar les cabeces a fi de sembrar-les a remats de l'hivern vinent. M'hagués abellit trepitjar les cabeces dels lliris per tal de no veure'ls més ni a la primavera ni a l'estiu vinents.

Com l'avorriment era tan gran i prolongat, no pensava en res de bo. El nostre gos llop era tan mansot que jo sempre assegurava que semblava un gos d'aigua. No lladrava ni clapia ni s'enfurismava quan algun estrany s'acostava pel xalet. I això m'emprenyava molt. Jo només feia que preguntar als xiquets que tenien algun gos llop si el seu gos bordava quan fitava algun desconegut. Tots em confirmaven que els seus gossos es tornaven molt ferotges, i que es menjarien algú d'una queixalada. Això m'emprenyava encara més. Quan arribava a casa, insultava el meu gos i li deia gallina als nassos. I ell acostava el cap i em feia carantoines humiliants i em volia llepar i besar, tot alçant-se sobre les seues potes posteriors. Un dia li vaig pegar un colp de peu en tots els nassos i el vaig fer clapir mitja vesprada. Però ell, després, continuava tan dòcil com sempre.

Un dia d'estiu que la minyona va amanir per sopar uns caragols coents, vaig cavil·lar una idea. Faria bordar el gos per tot el que no havia lladrat en sa vida. I, fent-me el mújol, em vaig atansar al rebost i em vaig apropiar d'un vitet i me'l vaig guardar a la butxaca ben amagat. L'endemà, a l'hora de dur el dinar al gos, vaig demanar a la minyona si em deixava anar a portar-li'l. La fadrina no s'hi va negar. Era un guisofi d'arròs, ossos i carn. Quan em vaig apropar al gos, que em rebé saltant d'alegria, que semblava que trencava la cadena, li vaig deixar el plat un poc separat. Em vaig traure el vitet i el vaig esmicolar tant com vaig poder. Després vaig acostar el plat al gos i començà a menjar-se'l amb molta gana. Jo, en comptes d'anar-me'n, m'hi vaig quedar ajupit per tal de veure quina reacció mostrava. Quan duia mig plat menjat, va fer un parell de clapits, es va llepar el musell, però continuà menjant. Al poc, tanmateix, es posà a clapir més fortament i a posar-se desficiós. Deixà de menjar, obrí molt la boca i va traure una llengua de dos pams. Va pegar un parell de lladrucs tan esgarrifosos que m'esglaià, i me'n vaig anar fugint que les cames em tocaven el cul. El gos es tornava boig. Semblava com si tot el cos el tingués ple de puces i que se li volguessen menjar els ulls vius. Tota la meua família va sortir per veure què li passava al gos, i van pensar, en contemplar-lo rebolcat per terra, tan neguitós, i amb aquella boca i aquella llengua, que s'havia tornat rabiós, i volien córrer per avisar el veterinari. Però mon pare se'n va entrar abans cap a la cambra on jo m'havia amagat i em trobà simulant que llegia un còmic, tan capficat que no advertia la seua presència. «¿Quina barrabassada has fet al gos?», em va preguntar. I de tan estranyat com vaig simular quedar-me, tot confessant-li que m'havia limitat a posar-li el plat davant i que me n'havia tornat tot seguit, no vaig tardar a abocar tota la veritat.

El meu pare se n'anà per mirar el plat del gos i, amb els seus ulls d'òbila, va descobrir-hi unes miquetes de vitet. No sé com no em va asclar el cap, malgrat que jo m'excusava de tirar les culpes al gos, ja que el volia sentir lladrar. Van començar a donar-li molta aigua fresca ensucrada i el van xopar tot perquè es refrescàs del foc que duia a dins.

Jo era com un verderol engabiat, bo que cante, bo que calle. Ningú no m'obria les portes per poder volar lliurement.

Cada dia que passava envejava més la Maria i els seus germans, que eren els amos del carrer i del barranc. Del meu xalet estant els observava les cames, els braços, la cara, sempre tan bruts d'arena i de terra, tan farcits de sol, tan a vessar d'aigua, que els dimonis se m'enduien de veure'm a mi tan net i clenxinat, i vaig acabar per odiar-me i em rebolcava tot mudat, a posta, per damunt la terra argilosa del jardí, i era més plaent el goig que hi trobava que no dures les batusses de ma mare.

5

A la part de darrere de la casa hi havia un pati quadrat, no massa gran, al qual ens referíem amb el nom de «corral». Les seues parets eren antigues, com la casa, fetes de pedra i una barreja de calç i arena. Els meus pares deien que això devia ser encara obra de moros. Per la part de baix de les parets, més a prop de la humitat del sòl de terra pitjada, hi havia sempre unes clapes de molsa que trencaven, amb el seu color verd fosc o ennegrit, la monotonia calcària de la tàpia.

En un racó, a tocar de la casa, creixia la parra, que s'havia estés per tota la banda esquerra del corral, resseguint la línia de la paret. Jo m'entretenia moltes vegades a arrancar de la soca escorçosa els filaments esfilagarsats que la cobrien fins a deixar-li rodals completament llisos. Pensava que l'ajudava a borronar. Venien remats d'hivern i em desil·lusionava perquè mai no li eixia cap fillol.

El seu raïm era negre i, si encertaves el moment de collir-lo, prou dolç. De més menuda mon pare em collia uns xinglots menuts, perquè els grans no me'ls podia acabar. M'encisava fer esclafir cada gra de raïm, tot esclafant-lo entre les dents, i sentir l'impacte del seu suc dins la boca. Mon pare el collia sempre de matí, que encara no pegava el sol a la parra, i el tast del raïm omplia la meua boca d'una dolça frescor humida.

No mancaven, entre els pàmpols i els raïms, les vespes. Buscaven sempre els xinglots més durs i els que s'havien obert i xuclaven el seu suc melós. Més d'una vegada vam sentir el seu fibló en la nostra cara quan alguna vespa volava baixeta i es creuava amb nosaltres, que jugàvem sense esma.

Quan a la tardor deixava caure els seus pàmpols socarrats de sol, els meus germans i jo n'agafàvem a grapats i ens els llancàvem els uns als altres i fèiem més escampadissa que la parra.

També hi havia en un dels racons un galliner on ma mare criava els pollastres i les gallines, i en un altre, unes gàbies grans on feia engreixar-se els conills. Cada ou que les gallines ponien era com un cant d'alegria. Al matí sempre corríem cap als ponedors i remenàvem la palla, tot ficant la mà sota la panxa de la gallina, si calia.

M'agradava guaitar els catxaps. Eren com coixinets peludets i mai no em cansava de tenir-los a les mans ni d'acaronarlos les orelletes tan llargues, i veure el moviment dels seus ulls tan redons, que no sabies mai si sentien esglai o si eren feliços. Quan mon pare en matava cap d'un calbot, jo patia, i no volia estar mai al davant. La primera vegada que ho vaig contemplar, no vaig dormir en tota la nit, i no em podia traure del pensament com ma mare li treia els ulls i com li rajava aquella sang tan vermella. Només la fam d'aquells dies em va portar a menjar-ne. Però no havia de saber mai quin era el conill que havien mort.

Entre la conillera i la tàpia quedava un racó buit que venia molt ajustat de poder encabir-m'hi. Hi havia una pedra que sobreeixia un poc més que les altres i feia de seient. Era el meu recer, la meua casa encantada on jo anava creant-me un món meu, només per a mi, puix que no em podia amagar en cap altre lloc de la casa perquè entre els meus germans i els meus pares ho emplenaven tot i jo compartia la meua habitació amb la Carme i la Roser, que eren més menudes que jo. Vam passar un temps molt llarg en què mon pare no tenia feina; no sé quina gelada hi havia hagut. Sempre es trobava malhumorat perquè ens veia patir i se sentia impotent de posar-hi remei. Com era de caràcter sanguini i no gens reflexiu, tot li eixia en nervis i es barallava amb ma mare i li deia coses que mai no li havia sentit, de lletges que eren.

Es va acostumar a anar a la taverna i venia sovint borratxo, i ma mare plorava i ens feia plorar a tots. Aleshores jo me n'anava al meu refugi i m'hi asseia i plorava. I mentre guaitava els conills com menjaven i movien la boca avant i arrere que mai no es cansaven, jo anava imaginant-me una casa més gran i assolellada, semblant a la de Sergi, on teníem una habitació cada germà i que podíem tenir-hi amagats els nostres secrets, que ja no em refiava dels clots de l'arena, i on els conills i les gallines podien córrer lliurement, i que els meus pares eren dos senyors importants, i que teníem una minyona que ens servia i que els meus pares vestien amb elegància i estaven sempre somrients i jugaven amb nosaltres pel pati grandíssim de la casa entre els xops crescuts i fullosos, l'ombra sòlida dels quals es reflectia en les aigües de l'estany, tacat de cignes de coll llargarut, i que mai s'enfadaven ni ens renyien perquè érem bons xicots.

I els conills avançaven les seues llargues orelles cap a mi, mentres rosegaven l'alfals, talment com si volguessen copsar la meua il·lusió. I jo acabava amb un somrís a la boca, quan més capficada estava en els meus pensaments, i em negava a tornar a dins de la casa si mon pare no s'havia gitat o no se n'havia anat, que no volia que se'm glaçàs la il·lusió, i així em creava jo la meua felicitat.

6

El gos llop va exercir una influència decisiva en el descobriment del meu cos. Aquell matí d'un dissabte de primavera feia molta calor i jo no sabia on posar-me per jugar, perquè el sol m'atabalava. Vagava de l'ombra del desmai a l'ombra de la figuera i d'aquesta a la dels xops, la pell humida de suor. Finalment vaig anar a refugiar-me en l'entreforc que feia la soca de la figuera en el punt on s'escampava el seu brancam. El gos llop era allí a baix, gitat a l'ombra, el cap estés sobre la terra fresca i la llengua fora. Respirava ben de pressa. Com li tenia malícia, no vaig poder estar-me d'anar tirant-li figues verdes sobre el cap per fastiguejar-li el descans. Ell, tot pensant que jo tenia ganes de joguerota, es va alçar i s'aixecà dret sobre les potes posteriors i m'ensenyà tota la panxa. Els meus ulls es van fixar, com enduts per un imant, en el seu membre gran que acabava en una punta rogenca. No podria assegurar si m'hi havia fixat mai. Vaig deixar de tirar-li figues i em vaig quedar observant-lo, que em produí una impressió lletja. Ell, com veia que jo l'observava, no s'estava d'aixecar-se; intentava acostar les seues potes davanteres al tronc de la figuera. Immediatament, per una elemental associació, vaig sentir una curiositat infinita sobre el meu propi cos.

La figuera s'arrecerava sobre el propi pampolatge i era com un bosc petit. Jo me'n vaig pujar un poc més al capdamunt i em vaig endinsar fins a estar ben ocult de les possibles mirades de dins del xalet. Em vaig abaixar el pantaló de camal curt que duia i m'encuriosia a contemplar els meus òrgans i els comparava amb els del gos i descobria la poca diferència que hi havia. Observava els escassos pèls que m'havien crescut sobre el pubis i me'ls estirava per tal de comparar-ne la llargària.

El contacte de les meues mans sobre els òrgans sexuals em produïa un gran plaer. Vaig oblidar-me tot seguit del gos i em vaig dedicar a estimular-me. I notava que el cor em bategava més de pressa i que la respiració se'm tornava més ràpida. Però el plaer que sentia m'empenyia a continuar cada vegada més acceleradament, fins que vaig sentir unes sensacions ben inusitades i delitoses en diverses parts dels meus òrgans, però sobretot unes a dintre meu, que per un moment m'esglaiaren, que em forçaren a obrir la boca, esbatanada, tant com vaig poder, a fi de respirar tot l'aire del món. I entre els dits em vaig trobar un xerigot espés i pastós. Vaig romandre durant una estona embasardit, encuriosit, embadalit, indecís. Era com si el temps s'hagués detingut. El meu penis s'havia tornat moll i no reaccionava ja a cap estímul. El meu cor anava apaivagant-se i la respiració es normalitzava rítmicament. Tot seguit em vaig acabar de vestir i vaig quedar-me assegut dalt de la figuera. No desitjava que ningú em veiés, no fos que algú llegís en el meu rostre el gran descobriment que havia fet. En el silenci que jo havia creat, sentia les més mínimes remors que produïa el pas suau de ventijol entre els pàmpols, el brunzir de les moscardes a prop del plat del menjar del gos, el cant de la cigala, confosa entre les soques negroses dels olivers, els petits vols dels ocells entre la malesa del barranc, el dringar de la campana en tocar els quarts, el pas d'un carro de rodes amb cércols de ferro pel camí ple de clots, els crits de la mare de Maria a l'altra banda del barranc que renyava algun fill, els sorolls de la minyona en la cuina mentre amania el dinar, l'alenar panteixant del gos, els batecs del meu cor.

Ara comprenia moltes paraules dels xics majors. D'ara en avant ja podria jo ser còmplice de les seues rialles. Ara ja sabia jo també en què em distrauria quan em sentís avorrit. Vindria a amagar-me a la figuera i assajaria novament l'experiència d'avui. I de tant en tant tractava d'estimular-me i em vaig sentir molt content quan vaig notar més tard que el penis se'm tornava a posar rígid. Durant tota la resta del dia anava capficat en els meus pensaments i no gosava dir cap paraula per no descobrir-me a mi mateix. I tots els de casa em miraven preocupats perquè m'havia tornat solitari i no els feia gens la guerra.

I així van començar les meues primeres experiències, que no donava abast a la descoberta que havia fet sobre el meu propi cos. I la vida m'havia retornat una nova il·lusió per a viure.

7

El pati de l'escola era ple de sol. Les meues amigues i jo esmorzàvem a sota l'ombra d'un plataner bord. Pel pati tot eren crits i curses dels xicots. Algun d'ells se'ns acostava i ens pegava una manotada a les anques o ens estirava els cabells. Diuen que la primavera la sang altera. I era els primers dies de la primavera, que havia arribat com si li furtàs els dies a l'estiu. Pel pati, en el buits que deixàvem els escolars, s'amuntegaven els teuladins buscant les molles de pa que ens queien, o algun rosegó de pa que algun xiquet havia deixat caure perquè no tenia més gana. Hi havia entre els ocells uns teuladins novells. Jo els coneixia perquè eren més confiats i perquè a penes tenien gens negra la taca que els mascles es pinten al pit.

La Roser va acostar-se on érem nosaltres i, amb grans escarafalls de mans i cara i unes paraules mig dites perquè no s'assabentassen els xics que hi havia a prop, ens va fer entrar cap al wàter. Allí, totes tancades dins d'una de les cabines, es va baixar els pantalons vaquers que vestia i les bragues, i ens va ensenyar una compresa tota tacada d'un color vermell que duia en l'entrecuix. Tot el seu voltant el duia també tacat del mateix color vermell. Jo em vaig esglaiar i em vaig posar pàl·lida, perquè pensava que li estava eixint tot de sang, i li vaig dir amb una veu trencadissa que per què no corria cap a sa casa i que sa mare la dugués al metge. Es van posar totes a riure i aleshores vaig canviar la cara de sang i em vaig enrojolar tota. No ho acabava d'entendre. La Carme, tot mirant-me amb sorna, em va dir: «¿No veus que això és la cosa?» I jo vaig callar a fi de no clavar més la cullerada. Vaig fer un ¡ah! per no quedar més en ridícul, però no m'estava de mirar l'entrecuix a la Roser, encara després d'haver-se vestit.

La impressió que havia rebut no me la podia llevar del cap. Era com una mata de jonc, que ja pots estirar-la. Calia que m'assabentàs ben bé de què era la cosa. Ho havien dit amb tanta naturalitat que semblava que això havia d'esdevenir a totes. I jo estava preocupada perquè no sabia com reaccionaria en veure'm tanta sang per l'entrecuix. Cauria desmaiada del sobresalt. Ho vaig preguntar ben dissimuladament a l'Àngels.

—¿Tu ja has tingut la cosa, Àngels? —li vaig dir.

—Encara no, però em fa una gran il·lusió —em replicà ella amb uns ulletes de perdiu.

—¿Per què? —li vaig replicar. Em va mirar amb cara estranyada i els ulls ben oberts i em contestà que perquè ja començava a ser una dona. Jo em vaig comparar amb la Roser i no endevinava cap diferència entre ella i jo. Com que no ho acabava d'entendre, li vaig tornar a preguntar si Roser era ja una dona.

—No, la Roser encara no. ¿No t'has adonat que allò vermell era mercurocrom? —em contestà rient-se de mi.

Vaig tornar a enrojolar perquè pensava que havia tornat a fer el ridícul en no adonar-me del teatre que havia muntat la Roser.

—¿I per què ho ha fet? —vaig gosar preguntar a l'Àngels.

—Perquè li fa una gran il·lusió i nosaltres no la volem desil·lusionar —replicà ella.

Jo em sentia cada vegada més encuriosida i era com un teuladí novell al qual el món li ve gran i no sap per on començar a volar.

—¿I fa mal? —li vaig insistir.

—Depén —em respongué ella mig en secret—. Hi ha a qui sí, i hi ha a qui no.

—¿I pots caminar amb normalitat durant eixos dies?

Em contà que sí, però que no et podies rentar els cabells, ni prendre el bany, ni rentar-te els peus. També em va dir que podria orinar amb tranquil·litat i que la cosa solia venir cada vint-i-vuit dies.

Ja coneixia millor la cosa, i a pesar que em feia il·lusió que em vingués per a ser ja una dona, em preocupava per si jo era de les que els venia amb nosa.

De la nit al matí vaig començar a notar-me que els mugrons dels pits s'endurien i s'inflaven i s'engrandien. Aquest fenomen el vaig acceptar millor perquè era massa evident per a mi que les dones majors tenen les mamelles ben crescudes, i jo anava fent-me fadrina. Me'n vaig alegrar i no m'estava de tocar-me'ls i pessigar-me'ls sovint per tal d'anar palpant-ne la creixença i els anava comparant amb els de les meues amigues i envejava aquelles que els tenien més grossos que no els meus.

Uns mesos més tard vaig començar a sentir al baix ventre unes petites molèsties, com unes agullonades, i vaig pressentir que, la menstruació, ja la tenia a prop i que potser vindria amb nosa. Ho vaig confessar a l'Àngels i ella em consolà i em confessà que això passava a moltes, però que no era cap mal símptoma. Em vaig trobar més tranquil·litzada. I totes les nits que van precedir la regla em deixava la son al coixí i no m'estava de mirar-me i tocar-me l'entrecuix per si apareixien les primeres gotes de sang.

Va ser durant la classe de matemàtiques. Sobtadament vaig sentir un esclafit en tot el baix ventre i em féu la sensació com si m'orinàs i em fes de ventre, tot alhora. Em vaig posar tan pàl·lida i tan suada, amb una suor freda que m'eixia de cada porus, que no trigà a rajar-me galtes avall. El professor se n'adonà i em preguntà davant de tota la classe si em passava res. No li vaig contestar del sufocament que tenia. Vaig mirar la meua amiga Àngels i en l'expressió de la meua cara ella ho comprengué tot. El professor m'invità amablement que sortís de la classe i que prengués un poc l'aire fins que em passàs, o que me n'anàs a casa si volia. Jo temia d'alçar-me perquè si m'havia pixat de veres. Dissimuladament em vaig tocar a baix de la falda i la vaig trobar eixuta. Més tranquil·la, em vaig aixecar i vaig fer un senyal a l'Àngels perquè m'acompanyàs. Amb por de caminar, em vaig dirigir cap al wàter. Vaig descobrir les meues bragues totes tacades d'una sang negra i pudenta. Àngels va mostrar una gran alegria i em féu un bes, i em repetí moltes voltes que ja m'havia convertit en una dona. Jo vaig fer una carassa plena d'ois, però tot seguit em vaig sentir feliç perquè les paraules de l'Àngels eren animadores i no sentia cap dolor.

—¿I què faig, ara? —li vaig preguntar.

Em respongué que aniria a demanar una compresa al conserge i que anàs a casa a canviar-me.

—No pots quedar-te així, amb tot aqueix xerigot entre les bragues —va afegir.

I me'n vaig anar cap a casa i pressentia ja l'alegria que ma mare tindria en donar-li la nova perquè ja seríem una dona més a casa. I mentrestant em feia vergonya de veure la gent pel carrer, car pensava que tots endevinaven el meu secret. I no podia evitar de caminar amb les mans cobrintme el baix de la panxa i recorde que les cases s'havien emblanquinat de festa al meu pas i que els carrers s'havien arruixat d'aigua i de sol de juny.

8

Els seus ulls i la seua cara tenien una atracció boirosa que ara no sabria plasmar i que m'encisava contemplar, primerament a ull amagat i després fit a fit. Si ella descobria el meu esguard, me n'avergonyia i simulava capficar-me en el llibre que tenia al davant. Després, quan ella va saber per boca de les seues amigues que jo estava pels seus ulls de cirera, li somreia, i ara s'envermellia ella com una rosella bledana.

Més tard la vaig oblidar i ara ja no recorde el seu nom. M'estimava més la companyia dels meus amics, ara que ja podia eixir-me'n del xalet i tornar a casa al capvespre. Els carrers se'ns quedaven estrets i en coneixíem tots els secrets i quins ens convenia més per a cada joc.

Jo sempre em volia imposar i queia antipàtic a alguns amics, si bé d'altres, que eren de caràcter més plàcid, solien admirar-me. Recorde que un dia de tardor, quan l'escola ja havia començat, jugàvem al carrer a sambori en companyia d'unes amigues. I jugàvem mig de broma perquè això ho consideràvem com un joc de xiques. Hi havia un amic a qui feia gràcia una de les xiques que jugaven amb nosaltres, i es divertia molt amb ella fent-li carantoines i tocant-se de mans. Era una xica d'aspecte abellidor i els seus cabells llargs se li estovaven com un batec d'ales o se li feien embulls sobre les galtes humides de suor, i els seus pits menuts se li movien dins del vestit a causa dels salts. Mai no m'havia fixat en ella com per a sentir-me atret o captivat pel seu encís jovenívol, però em va molestar que el meu amic i ella es divertissen tant. Aleshores vaig voler convertir-me en el centre d'atracció i feia mil pallassades en el joc. Lluny, però, de fer riure ningú, vaig posar tothom en contra meua. Vaig pensar que la meua venjança consistiria a desfer el joc. Em vaig ajupir i, agafant la tella, d'un puntelló la vaig llançar enlaire. Va botre contra el ràfec d'una teulada i pegà al cap del xicot.

Totes les barrabassades, però, no teniem un caire tan dramàtic. Hi havia malifetes que recorde amb simpatia. Un vespre havia acudit a casa d'un amic nostre un gos que anava perdut... L'enviàvem ahuixant-lo i no se'n volia anar. Es veu que ens havia pres afecte o bé esgotava en cada casa les màximes possibilitats per veure si algú el recollia i li donava a menjar i un aixopluc. Al cap d'una estona el gos, en comptes de fer-nos llàstima, ens donava pena. Vaig tenir una idea: ens divertiríem amb el gos. Ens en vam eixir, els altres amics i jo, cap als afores del poble i el gos ens va seguir a l'empait. Férem amb un cordell una tirallonga de pots de llauna i, quan ja teníem el gos subjecte per a lligar-li-la a la cua, ens adonàrem que la tenia tallada. Tan obsessionats com hi estàvem, el vam deixar anar sense haver pensat que també li l'haguéssem poguda lligar al coll.

A les xiques, se'ls anaven allargassant les cames i començava a fer goig d'espiar-los les cuixes a qualsevol descuit o quan pujaven les escales del col·legi i nosaltres érem a baix. Amb la descoberta del meu sexe, havia descobert el sexe de les xiques, i mesuràvem amb els ulls i amb pessics el volum canviant dels seus pits. Érem com papallones que a penes teníem cap flor on fixar el nostre amor perenne i escodrinyàvem cada cara, cada raïm de pits, cada parella de cuixes, i unes ens agradaven més que altres i d'altres no ens agradaven gens i totes ens encisaven una mica, i amb totes jugàvem i amb totes renyíem.

Un diumenge de vesprada un amic duia amagada a baix de la camisa una revista que havia furtat a son pare. Hi havia a tot color fotos de dones nuetes. Vaig gosar preguntar si això eren les putes, i em van respondre que eren xiques que es guanyaven la vida deixant-se retratar, però que es devien gitar amb el fotògraf.

Em satisfeia mirar els pits d'aquelles xiques. Unes els tenien exageradament grans, i m'agradaven per la seua voluminositat carnal, que els podies prémer a mans plenes; però d'altres, més mitjanets, redons i tibants, m'encisaven perquè els feia el pit més bonic, com si s'hi haguessen penjat dos bagots de raïm moscatell.

Quan vaig arribar a casa, vaig cercar revistes per tot el xalet, per si de cas mon pare en tingués alguna d'amagada. I no en vaig trobar cap enlloc. A l'hora de gitar-me al llit, estava obsessionat amb les fotos que havia vist i m'imaginava que feia l'amor amb una d'aquelles xiques. Però tot seguit en desistia perquè acabaven repugnant-me i me'n vaig crear una només per a mi. Només se m'ocorria de besar-la molt i de passar-li les mans pels pits que imaginava redons com un meló d'Alger.

Jo estava tot nu damunt del llit i contemplava el meu cos, tancava els ulls i m'imaginava la xica al meu costat. Les meues mans jugaven amb el meu sexe. No sé el temps que havia passat. En el just moment que jo, amb els ulls tancats, feia més meu el delit, s'obrí la porta de l'habitació i entrà ma mare duent a les mans la muda de roba neta per a l'endemà. Vaig sentir vergonya, perquè estava nu. I ràbia, perquè ma mare havia descobert el meu secret. Però ella va reaccionar amb espant. Em llançà la roba damunt del cap i començà a xisclar com una boja i, mentre jo intentava de tapar la meua nuesa, ella m'esbatussava on li venia bé, i em deia descarat i que tenia el dimoni dins de casa encarnat en mi, i que m'havia de confessar i que me l'arrancaria si tornava a veure'm realitzar aquelles porqueries. Jo la mirava sense comprendre res. Solament feia que defensar-me amb braços i cames, mig arraulit, de les manotades de ma mare. Em sentia com un animal acorralat. Vaig sentir que entrava mon pare, astorat pels crits, i preguntava a ma mare què s'havia esdevingut. Quan ella es va calmar un poc, li va dir:

—¡Mira!

I tot alçant el llençol va descobrir el meu cos nu, i assenyalava amb insistència el xerigot que hi havia com una taca d'oli per tot el meu baix ventre i per les cuixes. Jo havia començat a plorar d'impotència i m'havia capbussat a sota el coixí. Vaig sentir esclafir la mà de mon pare contra les meues anques i es veu que em volia apallissar, però jo sentia que ma mare li pregava que em deixàs, car temia que em desgraciàs, i li assegurava que ja m'havia escarmentat ella. Jo, les paraules, les sentia a mitges. Em van fer pensar que allò estava mal fet i que podria caure malalt si ho tornava a fer i em digueren que, quan em casàs, ja ho faria amb la dona, que mentrestant era de porcs fer-ho. Mon pare va llançar amb força els llençols sobre el meu cos i digué:

—¡Deixa'l que plore!

Ma mare li retrucà, però, que no em podia quedar allí tot brut de xerigot i que calia que em rentàs. Jo no em volia alçar per rentar-me i ma mare, que pel que es veu ja s'havia calmat en veure'm tan sufocat, em va dur una safa d'aigua i una tovallola; ho va deixar als peus del llit, en terra, i se n'eixí, no sense remugar uns darrers mots en veu baixa.

9

Havíem deixat d'ésser xiquetes, però encara no érem ni carn ni peix. Ens avergonyia de jugar a certs jocs i, tanmateix, trobàvem ridícul de prendre actituds de xica fadrina. Els nostres pits, ja mitjanament crescuts, delataven la nostra fesomia femenina i s'havien convertit en un ham per a les mirades dels xics, i això originava que jo estigués contínuament pendent del seu bon veure. Tots els sostenidors que em comprava me'ls amidava ben a espai i me'ls provava amb roba i sense roba per mirar com em lluïen. M'abellia que m'arrapassen un poc a fi que els meus pits es notaren plens i tibants, ja que em desagradava de contemplar els pits mig solts de les meues amigues, que semblaven unes bosses mig desinflades.

Dins dels nostres jocs ens enjogassàvem a endevinar quin era el xic que més agradava a cadascuna de nosaltres i per què. Ens aplegàvem totes formant un rogle informe o ens asséiem semblantment en qualsevol graó que voltava el col·legi, i parlàvem de les nostres novençanes intimitats a cau d'orella i, malgrat la nostra amistat, solíem enrojolar-nos quan una companya ens endevinava la raó per la qual teníem els nostres ulls posats en algun xic. Quan algú d'ells passava per davant nostre, dirigíem el nostre esguard cap a ell i el guaitàvem de cap a peus, gens dissimuladament, que si ell se n'adonava solia envermellir. El miràvem amb ulls còmplices a fi de cerciorar-nos de l'impacte que les altres havien descobert en ell. No ens sabia greu compartir l'amor per un xic amb una altra amiga i, de fet, solíem coincidir en l'admiració d'un, diguem-ne, líder, i comentàvem amb ulls i paraules ximples les seues atraccions.

Omplíem els pupitres de cors travessats per fletxes amoroses, o n'entrellaçàvem dos i, a dins de cada un, escrivíem el nom del xic i el nostre. De primer antuvi em vaig deixar arrossegar, com una fulla tardorenca, per aquell amor col·lectiu compartit per tot el grup d'amigues. Més que res, potser, em sentia acotxada i segura en aqueix deler comú. Potser era un instint comú i general a la condició femenina sentir-se, agrupades, més segures. Un dels nostres professors ens ho tirava sovint en cara. Afirmava, sorneguer, que teníem complex de ramat, puix que solíem anar i tornar com estrenyent-nos les unes a les altres. Aquest sentiment compartit m'omplia el buit afectiu que sentia en ma casa. Els meus pares em consideraven ja una doneta i així s'estalviaven de mostrar-me externament cap mena d'amor. Érem massa germans i el jornal de mon pare no bastava per a fer carantoines. Des que s'avesà a anar a la taverna, feia uns anys, ja no havia estat el mateix, malgrat que ara ja no solia emborratxar-se tan sovint, ja que havia de treballar. Se li havia quedat, però, un geni més aspre i irascible, i a penes reia mai, sempre malhumorat amb ma mare o amb els meus germans majors, els quals es barallaven amb ell perquè ja li exigien una certa independència econòmica i familiar. D'independència familiar ja en gaudien, els meus germans, puix que els meus pares poc s'interessaven per on anaven o d'on venien. El problema sorgí quan començaren a treballar i a guanyar diners, que mai es posaven d'acord sobre quina era la quantitat a repartir entre la casa i les seues despeses. Un dia mon pare els amenaçà de tirar-los de casa si no li lliuraven tot el jornal sencer, i com ells es van trobar disposats a anar-se'n de casa, mon pare hagué de parar la mà als diners que ells li donaven.

Quan jo li deia: «Papà, podries fer bona cara alguna vegada», no em feia cas. Ma mare, per l'edat que tenia, havia envellit molt, car li havia tocat anar durant dos anys a fer la neteja a cases particulars i se li amuntegava la feina de casa, a pesar que nosaltres l'ajudàvem en els treballs més senzills.

Em considerava una dona quan li convenia, i una xiqueta quan li venia de gust. Tanmateix, mai no solia alabar-me si realitzava les feines bé, i solia remugar o renyar-me quan no eren del seu gust. Així és que vaig mancar d'amor adés i ara, i cada volta per un motiu. O potser la raó era sempre la mateixa, que molts pares es casen per casar-se i tenen els fills a grapats, perquè Déu els els envia o perquè no han sabut tenir-ne límit, i després només miren d'aprofitar-se'n i ignoren que de petits tenim un cor sensible com les ales de les papallones. És clar que també pot ser que els jutge massa severament i que hagen estat les circumstàncies i la manca de cultura els que els hagen escorçat la seua sensibilitat envers la demanda d'un somriure.

Jo visitava el meu refugi del corral i somiava, amb el grup d'amigues a la vora, aventures que m'alliberaven del món familiar.

Aviat, però, i a mesura que el temps anava passant, vaig començar a independitzar-me de la influència de les amigues. D'aquestes, només en vaig escollir una per contar-li els meus secrets més íntims. I és que ja no em bastava compartir un amor en comunitat. El meu cor demanava estimar un xic sol i omplir-me d'ell jo sola i sentir-me corresposta per ell. L'un i l'altre.

Tot va ser un matí d'hivern, quan érem al pati, i passaren la Carmesina i el Roger per davant meu; tots dos sols, que tots sabíem que s'estimaven. Passejaven somrients i es devien contar els seus secrets. El cor se m'omplí d'enveja i les portes de l'enteniment se m'obriren de bat a bat, i vaig copsar que aquell era el meu anhel. Tot seguit, amb desfici a les dents, ho vaig contar a Àngels, que era ella la que jo havia escollit.

—Veges qui et busques —em replicà confidencial—. Ja estàs feta una dona —afegí, mirant-me de cap a peus.

El sol queia humit i llastimós. El ventet glaçat del nord se m'apoderava. Jo m'havia arraulit dins de la caçadora perquè havia començat a tremolar lleugerament. Les paraules de l'Àngels, en comptes d'il·lusionar-me, talment com jo esperava i ella havia pretés, em desencantaren. «Veges qui et busques», m'havia dit ella. I era precisament ara quan calia triar-ne un, quan la meua intuïció em féu comprendre el primer entrebanc amb què topeta l'amor. Els xics del nostre curs corrien pel pati i jugaven als seus jocs. Vaig passejar els meus ulls sobre cadascun i n'eliminava uns o posava un interrogant en altres. Molts d'ells semblaven encara més xiquets que l'edat que tenien.

Per primera vegada vaig sentir una punxada dins del meu pit. Succeí quan vaig guaitar Sergi. Em vaig quedar mirant-lo fixament, amb ulls preocupats. De més menut havia estat el meu príncep. Quasi l'havia oblidat des que son pare li havia prohibit jugar amb nosaltres. S'havia estirat molt i el seu rostre començava a perdre els trets infantils com si volgués endurir-se. Ara n'era un més a triar. En el banc de sentiments que hi havia desat dins meu, ell era qui arreplegava els més íntims. Vaig tancar els ulls i abaixí el cap. Havia comprés que mai no seria possible i em vaig adolorir.

—Ja el tinc —vaig confessar amb els llavis plens d'il·lusió a l'Àngels.

Era el Joaquim, tan pobre com jo. Havia temut de fracassar en el primer amor i no m'hi volia arriscar. El Joaquim era alt, per a la seua edat. Duia els cabells bastant llargs i ben pentinats. M'agradava una mica perquè el seu pèl castany contrastava granment amb els seus ulls d'un verd de gat. Era molt arriscat en el joc i líder d'una colla de xics de la seua mateixa condició, immigrants molts d'ells. Tanmateix, allò que jo havia descobert en el verd dels seus ulls era que també li calia una xica a qui contar el secret dels seus silencis.

10

Els meus pares, a pesar que de menut m'esbatussaven per qualsevol futilesa, em malcriaven. Mentre els meus capritxos es resolguessen amb diners, només calia muntar l'escena oportuna i acabaven claudicant. No em faltava res que tingués qualsevol xic de poble i que jo desitjàs. La darrera adquisició que havia aconseguit era una de les motos d'aquelles que no calia carnet de conduir. Feia molt de soroll i jo em passejava constantment pels carrers del poble i pels camins dels voltants, fent-la servir de moto-cross, i era l'enveja de molts dels meus companys. Mai no tenia el depòsit buit ja que mon pare no estalviava diners per a omplir-lo. De vegades em semblava intuir que tenia més il·lusió ell de veure'm fer bramar la moto que no jo. La moto havia estat un regal seu per haver aprovat la primària en la convocatòria de setembre. Em va caldre molt d'esforç i un mestre particular durant tot l'estiu, però hi vaig reeixir, que bé que pagava la pena.

Empentat pels meus pares, i com a prova, talment com afirmaven ells amb l'esperança de veure'm canviar, vaig seguir els estudis en l'institut del poble. No me'ls agafava gens seriosament, en un principi. Per una banda ho duia la inconsciència de l'edat, per l'altra intuïa que, cas de fracassar en els estudis, em recolzaria en la gran propietat que mon pare posseïa. Però el que més m'influïa a un nivell conscient es basava en el fet que alguns dels amics vers que tenia, no seguien estudiant, tret de dos, i els altres alternaven amb la resta de companys, i jo em quedava un poc sol i marginat. Jo sabia que molts dels meus companys m'envejaven, i ho notava en les seues cares quan em veien arribar a l'institut amb la moto. Alguns me la menyspreaven obertament, però d'altres ho sabien dissimular davant meu. Jo continuava tenint el mateix caràcter manaire i no sabia condescendir sovint ni tenir la bona jeia d'altres, els quals tenien amanides a cada punt les paraules escaients per a fer desenfadar algú i acabar en bromes. Jo només compartia la meua moto amb els dos amics que continuaven estimant-me de debò, perquè doldre'm no em dolia res, car ho tenia tot a bastament.

Estava en l'edat que comences a mudar de cara. M'havia eixit pèl bord pel bigoti i per la barba, tenia un aspecte lleig. Mon pare m'aconsellava que no m'afaitàs encara, si no, m'eixiria barba massa prompte. Un dia, però, no em vaig estar de veure'm l'aspecte, que la minyona qualificava d'indecent, i em vaig afaitar tot el pèl bord. Tot se m'havia estirat, des de feia un temps: el nas, les mandíbules i les orelles. Els braços i les cames no se m'acabaven d'estirar mai, afirmava amb orgull ma mare, a la qual ja li passava quasibé dos pams.

En els meus lleures no tenia altra cosa en el pensament que la meua moto i uns cantants que aleshores estaven en el seu apogeu: els Beatles. M'havia comprat tots els seus discos i me'ls passava pel tocadiscos tothora, que tenia els meus pares avorrits. Recorde precisament que a l'institut vaig triar l'anglés i no el francés per poder comprendre millor les seues cançons. M'havia passat també aquell primer encegament i deliri pel sexe, ja que ara podia compartir el temps en altres interessos. Tanmateix tenia ocasions de poder-me distraure amb ell, perquè no havia deixat d'ésser un xic solitari.

Va ser un dijous del mes de gener. Havíem eixit al camp acompanyats pel professor de ciències. Ell havia pretés de conjuminar una passejada, en una tarda de bon sol i aire encalmat, i unes mínimes nocions de coneixença del nostre terme. Ens mostrava, a prop o lluny, els diferents accidents geogràfics i ens alliçonava si eren de semblant o de diferent època geològica. Després ens vam escampar pel pujol on es criaven diverses herbes aromàtiques i ens ensenyava el nom de cadascuna: el romaní, el poliol, l'orenga, la centaura, l'espígol... I n'oloràvem la flaire, mig seriosament, divertidament. Trescant per aquests mals indrets, la Maria es va girar el turmell esquerre. Li va entrar una gelor groga i suava. La vam gitar sobre un jaç que vam improvisar. Érem un poc apartats del poble per haver de dur-la a braços o coixim-coixam.

—Podries anar per la teua moto, Sergi —em digué el professor.

No ho vaig pensar dues vegades. De pressa me'n vaig anar per ella i en vaig tornar a tot gas, fent bramar la moto com mai. La vaig fer arribar un poc més amunt d'on s'acabava la senda. Maria era encara uns dos-cents metres més amunt. Quan la'n van baixar, ja feia més bona cara. Duia el peu provisionalment embenat. La van fer muntar a la moto i a poc a poc vaig anar baixant fins a trobar el camí més ample. El professor i un alumne ens havien acompanyat fins al camí per tal de subjectar la Maria a fi que no tombàs per aquesta senda. Li preguntaren si es trobava bé per deixar-la sola. «Sí», respongué ella. A una velocitat prudent vaig emprendre el camí del poble. Va ser aleshores quan vaig notar que Maria, que venia subjectant-se a mi amb les mans estretes lleugerament als meus costats, se m'abraçà a la cintura i es va recolzar completament sobre la meua esquena. Vaig notar la seua cara i els seus pits tous. Vaig tombar lleument el cap per si s'havia desmaiat i li preguntí si es trobava bé. Em respongué que molt bé.

Les seues mans s'entrellaçaven sobre la meua cintura, quietes. Els seus dits eren fins. Les ungles estaven retallades al nivell del cap dels dits. Devia ser perquè ajudava sa mare en les feines de casa i temeria d'asclar-se-les si les duia més llargues. El sol baixava sobre l'horitzó amb por que se l'engolís la serralada. Maria s'havia convertit en una xica callada, i semblava tímida. No era la mateixa que de menuda. Ella i jo a penes ens parlàvem mai. Des que mon pare em prohibí que jugàs amb ella i els seus germans, m'havia apartat del seu tracte per por d'ell. Ella tenia unes amigues que formaven, dins del curs, com un bloc compacte i es relacionaven mínimament amb els altres alumnes, car els xics que solien acompanyar no venien a l'institut. El contacte de Maria m'agradava encara més perquè me l'havia lliurat inesperadament i amb gran naturalitat. Era com si jo obrís inesperadament els ulls i endevinàs l'abast que tenien les seues mirades tímides, que defugien els meus ulls a consciència. Jo la recordava quan jugàvem anys arrere pel barranc de baladre. Ella sempre solia eixir a favor meu. Em produïa una gran enveja veure-la córrer com un xai, jugar i embrutar-se, plorar i riure pel barranc o asseguda al brancal de sa casa. I jo estava tancat dins del meu xalet. Ara Maria era ja una dona i la duia recolzada sobre la meua esquena, alenant tranquil·lament, assossegadament. Semblava com si s'hagués adormit. Duia els ulls mig clucs. «¿Vas bé?», li vaig tornar a preguntar. Féu un senyal d'afirmació amb el cap. Els seus pits tremolaven al compàs dels desnivells del camí. A la vora hi havia un ametler curull de flor rosa. Vaig atansar-m'hi amb la moto i en vaig collir el branquilló més atapeït.

—És per a tu, Maria —li vaig dir.

Quasi per un segon fixà els seus ulls en els meus. El seu somriure d'agraïment fou més prolongat. Havia envermellit tota. Duia el branquilló d'ametler entre els seus dits i notava jo que el seu cos delerava ara estar més prop del meu. Però el meu cap no podia pensar res bo.

11

Aquell dijous per la tarda em vaig esforçar a sobreposarme quan Sergi anà per la seua moto. No volia presentar-me davant d'ell com una xica molla vençuda per un poc de dolor. Suposava que si endevinava en mi un caràcter pusil·lànime, se'n riuria més avant i faria comèdia de les meues queixes. Va ser tot: el dolor que sentia al turmell i el deler que tenia per estrényer-lo entre els meus braços, allò que m'empenyé a abraçar-me a ell i recolzar-me sobre la seua esquena. Vaig mig tancar els ulls i em deixava arrossegar al vaivé dels sotracs del camí.

Quasi a principi de curs havia deixat d'eixir amb el Joaquim. Jo madurava més de pressa que no ell. Jo m'imaginava tota una dona i ell no havia deixat d'ésser encara un xiquet i els nostres interessos es desfasaven al llarg i ample. Joaquim no havia pogut continuar els seus estudis i son pare l'havia llogat en una fusteria com a aprenent. Quan en sortia, buscava més prompte els seus amics que no a mi. Un dia de l'estiu que m'invità amb altres amigues a anar a la piscina per prendre el bany, a penes estigué gens pendent de mi. Preferia els crits i les bromes dels seus amics. Els seus ulls verds s'arruixaven d'aigua i brillaven com prunes d'abril, però jo no em sentia ja tan encisada per això i començava a trobar-me novament sola. Em consolava pensant que jo me l'havia escollit i que jo l'abandonava. De sobte vaig començar a tornar-me enyoradissa i m'embadalia amb qualsevol pensament. Hi havia dies en què eren tan llargs els meus silencis que, quan parlava, les amigues m'ho retreien admirades i àdhuc m'aplaudien. Va ser aleshores quan la figura del Sergi, cada vegada més esvelt, a l'altra banda del barranc, vagant pel seu xalet en banyador, rostit de pell, començava a atraure'm i jo no ho podia evitar. Era com una delectança morbosa, amb la qual, tanmateix, gaudia. A les hores de sol seia vora la finestra i simulava que anava brodant-me uns tovallons per a l'aixovar. Els meus ulls creuaven la frescor de la finestra i cercaven el cos de Sergi i m'eriçava en sentir els seus crits quan es capbussava en l'aigua de vidre glaçat. Al capvespre, quan els meus pares eixien al davant de casa i s'asseien buscant la fresca, que per la clotada del barranc mai no deixava de córrer, jo els hi acompanyava i em posava de cara al xalet. I havia d'ofegar el meu cor sota els feixos del baladre perquè sabia que els meus batecs només els havia de conéixer jo. I quan l'enyor estava a punt de vessar sobre les flors del baladre, me n'anava al meu recer i acaronava un conillet i, mentrestant, jo m'imaginava un amor que es feia possible perquè trencava les barreres del temps i de l'espai i es mofava dels prejudicis dels majors.

Sergi era encara aquell xiquet aspre i sec de caràcter. Això li produïa enemistats entre molts dels seus companys, però justament aquest caràcter era el que m'agradava perquè em faltava a mi. Jo comprenia que les arestes del seu caràcter eren causa d'haver estat excessivament aviciat i consentit, i que li desapareixerien amb el temps.

La nostra manca quasibé total de tracte m'impedia de travar amistat amb ell i s'hi interposava, a més de la meua condició social, amb aquesta casa vella a l'altra banda del barranc, aquest món subjectiu meu d'afecte envers ell, i temia descobrir-li'l amb les meues paraules i que es rigués de mi. M'agradava mirar-lo quan passava amb la seua moto acabada de comprar, que la feia brunyir. Aleshores ell anava pendent del camí i jo el podia guaitar, tan superb ell. Quan algú li adreçava davant meu alguna frase agradable, jo ho aprofitava per mirar-lo i somriure-li, com si fes meua la frase. Els ulls em devien denunciar, perquè més d'una vegada es va adonar ell del meu esguard. Però simulava que no llegia els meus pensaments. Alguna vegada, quan passava pel costat, vaig estar temptada de preguntar-li si es recordava d'aquells pits-rojos que vam soterrar. A darrera hora em cohibia i temia que no se'n recordàs, o que no desitjàs recordar-se'n, puix hi ha persones que tracten d'oblidar els seus records d'infants.

De tota manera, Sergi a penes tenia tracte continuat amb cap xica del curs. A alguna d'elles sí que li hagués fet goig, per les pretensions d'abastar la classe social que ell representava, que n'hi ha de ben astutes, ja de ben joves. Solia intimar prou amb un parell d'amics i això li donava el suficient marge de desimboltura. Aquesta manca de relacions amb cap xica em tranquil·litzava un poc, perquè, si no, m'hagués mort de gelosia rosegada per dins com una fusta corcada.

L'esquena del Sergi la trobava més ampla i massissa del que mai hagués imaginat. M'hi sentia segura i intentava somiar amb ell, com quan era al recer del corral, i oblidar el meu dolor que em pujava com una rampa, com si un formiguer em rosegàs els ossos. Quan Sergi em preguntava si em trobava bé, li responia que sí, perquè jo no em referia al mal del peu.

Vaig quedar-me en casa, fins que en vam fugir. Sovint mirava el branquilló d'ametler que collí per a mi. Les flors s'havien marcit i els pètals anaven caient un a un, semats, i el pol·len s'escampava sobre la taula com una polseta d'or. Però jo guardava en la memòria on era cada pètal i quin color tenia, tan bledà, quan ell me'l va collir. I no hauria imaginat mai que haguéssem pogut arribar a cal metge tan ràpidament.

12

Aleshores no podia analitzar les situacions amb la mateixa claredat que ara. Els sentiments, els delers, les enyorances, s'entrellaçaven amb el temps i formaven una única unitat que s'esvaïa a poc a poc per tal de donar pas a afirmacions o contradiccions al voltant dels meus sentiments.

Recorde que en tota la resta de la tarda no em vaig poder traure del cap els esdeveniments de la vesprada; i el fet que Maria es recolzàs tan naturalment sobre la meua esquena era la idea que amb major insistència acudia al meu cap. Aquesta idea, però, giravoltava com una baldufa dins dels meus ulls clucs a l'hora de dormir. Primerament em distreia amb ella i no m'estava d'imaginar-me els pits de Maria i els comparava pel seu volum a aquells pits mitjans i redons que havia vist en aquella revista pornogràfica. Pensava que Maria devia ser una xica fàcil i que encara se'm donaria més si la sabia enamorar. La nit s'espesseïa als afores corpresa pels baladres freds i lluents d'aiguatge. Jo creava situacions a través de les quals podia entrar en contacte amb Maria i inspirar-li simpatia. Sabia com trencar-ne la barrera: li preguntaria com es trobava i ella m'hauria de donar conversa per haver estat jo qui l'havia ajudat. Després ja parlaríem de qualsevol motiu. Jo temia, però, de veure com la podria conquistar i fer-me seguida, car Maria pertanyia a un grup de xiques que formaven un clos i la n'havia de traure. El meu temor es basava en la possibilitat que ella pogués no fer-se massa il·lusions i que s'hi resistís. Jo en dubtava perquè ara, en analitzar-me indirectament, em trobava una mica repel·lent i ignorava si de cara a les xiques també ho era. Vaig arribar en un punt en què les idees s'entrecreuaven com un bolic informe, com un cabdell de llana bellugat per un gat, i no aconseguia d'imaginar-me situacions noves. L'embolic se m'estrenyia contra els polsos i el cervell començava a brunzir-me com si a dintre tingués un eixam d'abelles. El desfici m'impel·lia a moure'm pel llit i, malgrat la frescor i la humitat de la cambra, vaig haver de desacotxar-me i traure'n els braços defora. El mateix silenci encalmat de la nit s'havia ajocat als peus del meu llit i distreia el meu insomni. Així vaig despendre el temps fins que em vaig adormir amb sons trencadissos.

Aquell matí, quan vaig arribar a l'institut, els meus ulls somnolents cercaven Maria entre les seues amigues i no hi era. Vaig preguntar a una amiga seua si sabia com es trobava Maria. Li ho vaig preguntar com si el meu interés fos purament formal. Em contestà que bé que ho sabia jo: que tenia el peu escaiolat i que no l'havien vista des d'ahir al vespre. Vaig insistir-li si havia de fer llit, ja que no havia vingut. Em respongué que si no havia vingut havia estat perquè no havia trobat ningú que la dugués de casa a l'institut en cotxe o en moto.

—Podries portar-la tu en la teua moto i així aprofitaria per a alguna cosa bona —va dir la Mercé, la qual ens escoltava a prop. Ho va dir amb un xic de reprotxe, tot donantme a entendre que jo sols feia servir la moto per tal d'anar pel poble fent el pinxo. La Carme, que era l'amiga de Maria, va retrucar-li que la deixàs descansar, puix que encara es trobaria afectada per l'accident, i que millor si es podia estalviar uns dies d'anar a classe. El meu cap, però, cavil·là d'anar a migdia, quan sortís de l'institut, a casa seua i oferir-me a dur-la a classe i tornar-la'n cada dia. I així ho vaig fer.

Sa mare, baixeta i grosseta de ventre, em rebé amb grans alegries i em recordà tot seguit el temps que havia jugat amb els seus fills al barranc, de més menut, i com m'havia desconegut, tan fadrinot, que ja començava a voler-me eixir la barba. M'obrí la porta de la cambra que era a mà dreta de l'entrada i m'invità a entrar-hi. Maria em va somriure. Seia en una cadira prop de l'estufa i fullejava una revista.

—¿Com estàs? —li vaig preguntar amb una veu insegura. La vaig trobar animada. Em mirava fixament i no amagava els seus ulls de gesmil dels meus.

Sa mare m'invità a asseure'm. Mecànicament la vaig creure. Maria em seguia amb el seu esguard. No em preguntava res. Els nervis m'ensorraven les idees i durant un moment vaig notar que m'aïllava del món que m'envoltava sense saber-me fer amo de la situació. Fou com una mala consciència de tot allò que havia imaginat la nit anterior sobre Maria i que ara acudia a mi i temia que se m'endevinàs en els ulls. D'altra banda, havia estat massa anys sense posar els peus en sa casa i me'n sentia avergonyit perquè no m'ho podia excusar.

—¡El senyoret Sergi! —exclamà sa mare amb complaença, lligant-ho amb la conversa que havíem mantingut fora.

La seua frase em va retornar a la realitat, vaig alçar els ulls i vaig mirar Maria.

—He vingut perquè si volies que et portàs a l'institut i te'n tornàs cada dia, —li vaig dir.

A través de la finestra es dominava el meu xalet. Sobre ser migdia hi havia com una boirina estesa al llarg del llit del barranc. El baladre era despullat de flors.

—Sí, em faràs un gran favor, Sergi —contestà Maria.

Sa mare no sabé com agrair-m'ho. Xisclava molt quan parlava i gesticulava amb tot el cos, però sobretot amb la cara i els braços, i la panxa se li bellugava amunt i avall, rítmicament. A través del tall del camal del pantaló, descosit per tal de poder encabir-hi el peu enguixat, s'endevinava tota la cama de Maria, que adquiria una rellevància inusitada allí dins, sola, blanca, ben feta. Maria cobria el seu cos amb un jersei gruixut de llana i dintre seu es perdia tota l'esveltesa del seu cos. Els cabells els duia replegats sobre el clatell.

—Bé, ja vindré a la tarda per tu —vaig dir-li mentre m'alçava.

Un quart abans de l'hora ja m'hi havia presentat. Entre sa mare i jo l'ajudàrem a pujar i asseure's en la moto. Vaig indicar que li caldria una crossa i em va contestar que ja l'havia encomanada i que li la durien al vespre. D'un braç, aguantava els llibres i de l'altre se subjectava de mi. En arribar a l'institut les seues amigues se la van apoderar i fins que no acabaren les classes no li vaig poder adreçar cap mot. No calia tenir massa pressa. Ara, tanmateix, quan les nostres mirades es creuaven en classe, ella la fixava un moment en mi i em somreia. Quan les classes es van acabar, la vaig esperar a la porta d'eixida de l'institut assegut sobre la moto. Quan dúiem un tros de camí em demanà si volia que passàssem per cal conductor de l'autobús per veure si havia dut la crossa.

Mentre anàvem cap a sa casa la va desembolicar i, en baixar de la moto, la va fer servir. Es va recolzar contra la paret de casa seua com invitant-me a conversar. Maria no donava cap importància al ventijol fresc que davallava del nord com un grapat de rosada. Es va quedar mirant-me a mi i al baladre del barranc.

—¿Recordes quan de menuts hi jugàvem? —li vaig dir perquè endevinava els seus pensaments.

—No sé per quina raó ton pare et prohibí que jugasses amb nosaltres pel barranc —m'hi replicà.

—¡Si m'hagués sabut rebel·lar de petit!... —vaig respondre-li. Ignorava si Maria m'ho havia retret amb reprotxe o amb enyorança. Em va contar el cas dels pits-rojos. Jo reia amb ella. Maria em parlava amb tota franquesa, com si mai no haguéssem deixat d'ésser uns amics d'allò més bons. No m'amagava els seus ulls i jo vaig aprendre a mirar-la. Més tard, quan el fred ens glaçava els ossos i Maria s'arraulia sobre el seu propi cos, li vaig dir que un dia la portaria a ma casa i hi sentiríem els discos dels Beatles. Maria va esguardar el xalet. Pel fumeral de la llar eixia un fum blanc, espés. La minyona devia encendre el foc.

13

¿Com descriure la tebiesa acaronadora que el sol del matí arruixava sobre el nostre rostre com una tonada melangiosa de dolçaina mentre passejàvem pel pati de l'institut? De vegades caminàvem plegats, en silenci; ens miràvem; miràvem les oliveres que creixien allí prop; esguardàvem els pardalets que creuaven l'espai voletejant a espentes. Els silencis em permetien bastir il·lusions i amb els dits emmotlava palaus grocs amb sorra escalfada i les hi amagava. Quan em cansava de passejar amb la crossa, séiem sobre l'herbei del pati. Jo havia endevinat que Sergi buscava la meua companyia. Ho havia notat en els seus ulls de desencís quan, la tarda de dur-me a l'institut, les meues amigues se'm van endur del seu costat i ell restà sol i trist. Per això jo, quan arribàrem a casa meua, malgrat el fred humit que em tallava la tendror dels llavis, el vaig invitar a romandre una estona tot xarrant. L'endemà, quan em tornà a dur a l'institut, abans que les amigues no se m'acostassen, vaig allargar-li la mà a fi que fos ell qui m'ajudàs a pujar-ne les escales amb més facilitat. Després, a l'hora de l'esbarjo, fou ell mateix qui se m'acostà i m'acompanyà al pati. Les amigues no van tardar a adonar-se'n i ben prompte ens van deixar sols. En les seues mirades es notava que havien entés, amb aqueixa intuïció femenina, quins eren els meus interessos. I és que elles no imaginaven encara que fos Sergi qui s'interessava també per mi. Fora del grup d'amigues n'hi havia d'altres que em miraven amb sorna, i jo els endevinava el cert pressentiment que tot acabaria com el ball de Torrent, entre Sergi i jo, car els seus pares no ho havien de permetre.

Quan séiem sobre l'herbei, Sergi jugava amb els meus cabells i els caragolava com si desitjàs omplir-me'ls de rínxols, o potser perquè era una manera d'entretenir el seu deler d'acariciar tot el meu cos, que ell ben bé s'adonava que era un temps primerenc. Jo deixava que els caragolàs i que em fes embulls; m'agradava, i a vegades tombava el cap per sentir el contacte de la seua mà. Així fou com ell, dies més tard, intuint que em plaïa la fredor dels seus dits, acaronava el meu coll, les meues galtes i em pessigava el tou de les orelles. Els caps dels seus dits acabaven per entebeir-se. La sang li hi acudia a petits glops de desig i s'adelitava amb els meus llavis que no gosava amoixar. A vegades els silencis de Sergi eren llargs. Podien encabir-s'hi mars de ninetes d'ulls que em guaitaven de dalt a baix i mesuraven el gruix dels meus llavis, la llargada dels meus cabells, la mollor dels meus pits, l'estretor de la meua cintura, la forma del meu entrecuix verge, l'esveltesa de les meues cames llargues. Jo ho intuïa, però no m'hi deturava massa perquè el meu amor per Sergi no era gens concret, se m'hagués esmunyit de les mans si hagués volgut prémer-lo. I a pesar que tot ell em captivava i a vegades em venien al cap mals pensaments quan endevinava el seu sexe inflat sota els pantalons, jo els rebutjava, perquè no era propi d'una jove enamorada com jo. A mi, que em mancava prou l'afecte familiar, m'atreia més el deler de sentir-me estimada i compresa. Ja en tenia prou.

Quan Sergi em deixava al carrer, cada vesprada, em posava a estudiar vora la finestra del carrer. N'obria les ventalles perquè, il·luminada pel llum de peu, Sergi m'hi pogués endevinar si eixia al darrere del xalet. Quan ho feia així, i no sempre hi eixia per feina, em saludava amb el braç enlairat, que el barranc em trametia sarpats de paraules. Els llibres se m'acaramullaven de somnis i passava llargues estones sense girar cap full. Diries que el temps era a favor meu; el temps sabia fer-me feliç; s'allargassava tant com els meus somnis. L'escalfor de l'estufa hi contribuïa. Tot s'acabava, però, amb la irrupció en casa de mon pare i dels meus germans, quan hi arribaven de treballar. Tot s'omplia de crits, puix que es queixaven per qualsevol detall que no fos del seu gust: si la roba neta no la tenien amanida, que si el sopar no estava escudellat. Els meus germans anaven a collir taronja a estall i guanyaven no sé quants diners, perquè eren llargs de feina. El pare, ja vell, treballava a jornal amb una colla de seixantins jubilats, car així els amos comerciants s'estalviaven moltes pessetes. No sé com s'ho feien els meus germans, que sempre lliuraven a la mare menys diners que no el pare. La casa acabava sent una cridòria on ningú no atenia les raons dels altres; a vegades acabaven ensenyant-se les dents com els gossos quan es barallen per un os. Ma mare assegurava que qualsevol dia ens donaria a sopar sopes d'all, que el pressupost no li arribava per a més. Els meus germans no li feien cas. Ells no es privaven de cap capritx. Si ma mare no atenia les meues demandes, m'emparava en els meus germans i em solien complaure. Només mon pare remugava que sempre estigués demanant capritxos, que amb els meus estudis ja tenien bastants despeses, deia ell. Em retreia sovint el luxe que suposava que jo estudiàs.

—¡Moltes xiques com tu es farten de guanyar diners als magatzems! —em va dir un dia.

Ma mare i els meus germans van eixir en la meua defensa i novament s'originà una disputa més. A pesar de tot, la mare estalviava el suficient perquè no desdigués de les altres xiques i sempre duia jo diners per a poder desprendre en bogeries.

Un dia vaig anar al meu germà major, Jaume, amb un secret. No me'l podia aguantar per més temps. Li vaig confesar a cau d'orella que m'agradava un xic i que raonava amb ell. Va lluitar per arrancar-me el secret, però no li'l vaig declarar. En el fons temia que se'n rigués, o que posàs la cara de sorna d'algunes amigues de curs.

—¿T'agrada? —em preguntà quan ja es va donar per vençut.

—Estic boja per ell —li vaig respondre.

—Doncs, no faces cap bogeria —em replicà—, que una xica boja per un home mai no sap a on ha d'arribar.

Li vaig demanar si em podia prestar diners, que m'havia de comprar potingues per a pintar-me la cara. Va riure ben fort, però em prometé d'ajudar-me en allò que calgués.

Vaig esperar a llevar-me el guix del turmell. No sé per quina rara intuïció deduïa que una cara pintada i un peu enguixat no s'adien gens. Aquell matí vaig aparéixer a l'institut amb els llavis i els ulls pintats. Havia matinat per no anar amb presses i fer-me un bon treball. Sergi es va quedar palplantat i em mirava incrèdul i burleta.

—Sembles una senyoreta —digué, tot burlant-se de mi. Vaig enrojolar.— T'està millor el vermell natural —afegí en veure'm les galtes vermelles. I, com que no hi havia ningú que ens observàs, de sobte acostà els seus llavis cap a les meues galtes, encara enceses de sang, i em féu un bes. Vaig pegar un crit tan espontani que vaig endur-me la mà a la boca, com si el volgués ofegar. El meu cor va bategar d'alegria. Vaig romandre un moment mirant-me'l, agraïda; Sergi em féu l'ullet. Vam riure i ens vam dirigir cap a classe.

Dies després, Sergi em proposà si volia fer un volt amb la seua moto. Seria el dissabte següent a la vesprada. Li vaig contestar que bé. Només dinar passaria ell per ma casa.

Eren els primers dies de març i el dia allargava bastant. Aquella vesprada feia un sol esplèndid, com si la primavera s'hagués avançat. Sergi es va enfilar per la carretera avant i eixírem del poble. Jo anava recolzada sobre la seua esquena perquè ell corria molt i jo defugia el vent. La moto brunzia i pel soroll semblava que devíem córrer a tot gas. Ens allunyàvem del poble i ens dirigíem cap a un altre, endinsat en la serralada. Vaig xisclar a Sergi:

—¿On anem?

—Ara ho veuràs; t'agradarà —em respongué.

Els primers secans d'ametlers i garrofers s'arrengleraven a tots dos costats. Més enllà apareixien pujols coberts de pinades. Sergi va tombar a la dreta i s'enfilà camí amunt. L'aire, net, transparent, davallava com un cant de timó i romaní desvelat pel sol càlid de la tarda. El camí, sobtadament, deixava d'ésser camí i esdevenia un senderol pedregós i tortuós. Sergi hi aturà la moto i em digué:

—Baixa i espera't un moment.

Vaig asseure'm sobre una pedra i ell, fent brunzir la moto, s'enfilà senderol amunt fins arribar en un punt on, impossibilitat de passar, girà cua i baixà a poc a poc.

—Puja —em xisclà una vegada s'havia apropat on jo seia. Vaig dubtar per un moment, esglaiada; vaig mirar Sergi, indecisa; ell, tot agafant-me pel braç, m'empenyé a pujar sobre el seient. Em vaig agafar de la seua cintura tan fortament com vaig poder. Sergi sortí d'una embranzida tan brusca que no sé com no caiguérem tots dos d'esquena. El viarany, de baix estant, no semblava tan ple de clots i pedres.

Va ser en tombar una revolta quan Sergi, que no pogué falcar-se a temps amb el peu, girà la moto tan tancadament que tots dos caiguérem a terra i rodolàrem dos metres avall. Jo em subjectava a Sergi ben fortament. El tenia ben agarrat de la cintura. Em preguntà si m'havia fet cap mal. «Encara no em fa mal res», li vaig respondre, i es posà a riure en sentir la meua resposta. Jo també vaig riure, per contagi. Es va tombar cap a mi, pres entre els meus braços, i agafà la meua cara entre les mans. Jo em sentia segura al seu costat i ja no el tenia com a cap estrany. No em donà temps per a pensar res més, va començar a besar-me tota la cara. Després semblava que es volia menjar els meus llavis. Mai no pensava que fos tan plaent i delitós de sentir-te acariciada en la boca. Tot el meu cos esclatava com una poncella i s'obria com els pètals per sentir sobre cadascun d'ells tot l'abast del delit càlid. I cada vegada més bullent. Les meues mans buscaven el seu rostre, perquè el volia afermar contra el meu, volia encabirme'l dins del meu; desitjava que les seues carícies no s'acabassen mai, i en delerava més i més, perquè els nostres cossos s'estrenyien l'un contra l'altre, estrets com un grapat de cireres entre les mans d'un xiquet.

14

La pell de Maria era fina i transparent com una poma d'hivern. L'hivern, amb el seu sol marcit per les humitats, havia posat sobre la pell de Maria un cotó-en-pèl que feia que els meus dits s'hi esvarassen. Jo delerava estendre les mans sobre tota la pell del seu cos, fartar-me de pell tova, suau. El seu jersei gros m'impedia d'endinsar-me coll avall. I em posava desficiós, acabava caragolant els seus cabells, que no sé com no se'n queixava perquè sense adonar-me'n li'ls devia estirar.

La confiança que Maria em mostrava desvetlava i feia créixer en mi desitjos inusitats, nous, incontrolables, que empenyien cada punt del meu cos per sortir-ne, per alliberar-se'n, per realitzar-se sobre cada punt del cos de Maria. I és que tot allò que estimava ho estimava en tot el seu conjunt o deixava d'estimar-ho. Maria era allí, al meu costat, en classe, sobre l'herbei. Em venien sovint a la memòria les fotos d'aquella revista i el misteri que les envoltava i jo intuïa que la sexualitat compartida amb una altra persona devia ser més completa. Maria devia endevinar els meus pensaments, n'estic segur. Somreia. O potser pensava que només l'estimava, sense imaginar quina forma corporal s'ocultava entre els seus vestits.

A Maria li havien tret ja el guix del peu. Aquella setmana de març el sol s'havia tornat calent i hom podia estar-se a gust gitat a terra, tot posant-se adés de cara a ell, ara d'esquena. Va ser llavors quan vaig cavil·lar com podria fer-me amb Maria. Tot ho tenia ben planejat aquella tarda. Jo havia pujat i baixat massa voltes per aquell senderol ple de pedres i de clots. En coneixia cada pam. Coneixia aquella revolta tan tancada al costat de la qual davallava suaument i feia cap en aquell secà reblert de timó. La vespra, quan vaig deixar Maria en sa casa, m'hi vaig atansar per tal de fer la darrera prova i agranar-ne les pedres que la poguessen danyar. L'ensurt la faria estrényer-se contra mi. Aleshores jo m'abraçaria a ella i la besaria. Agafaria la seua cara i l'aniria besant fins a mossegar-li suaument els llavis astorats. Quan ella se'm lliuràs, li llevaria a poc a poc la roba perquè el sol escalfaria la seua pell i jo li donaria la calor que calgués. Podria, ara, jo, palpar aquell cos tan delerat, guaitar els seus pits tous i arredonits, la seua cintura estreta, passar-li les mans per les cuixes. Quan el seu desig fos tan apassionat com el meu, jo em despullaria i la deixaria contemplar-me, tocar-me, que també ella devia sentir deler i curiositat per un cos masculí.

Maria, nua, es deixava acariciar les cuixes, però l'efecte que li produïa li les feia arraulir l'una contra l'altra. Ella estava abraçada al meu coll, passiva, i deixava que jo la palpàs tant com ho volgués. Vaig dedicar-me a acariciar-li el pubis per veure si així la podia fer eixancar-se. Com ella no tenia cap intenció de despullar-me de la meua roba, vaig començar a llevar-me-la jo, i ella no se soltà de mi sinó al final, quan em vaig traure la camisa. Maria a penes va mirar el meu cos, com si en tingués vergonya o com si temés que jo l'anàs a malconsiderar. Es va tornar a abraçar a mi, tot recolzant el seu cap contra la meua cara. Jo vaig tornar a acariciar-li novament l'entrecuix, però no sabia encara per què li agradava tant a Maria. Quan la vaig sentir sospirar li vaig preguntar si li agradava i amb el cap em digué que sí. Després digué: «Una miqueta més amunt.» Com jo no li endevinava el punt exacte, ella, amb la mà, dugué la meua sobre el lloc que desitjava i digué: «Ací.» Fou llavors quan vaig notar un trosset de carn que es deixava bellugar al meu capritx. Maria mostrava proves de gran excitació. Com ella no es decidia a fer-me res, en veure-la tan eixancada, vaig pensar que voldria fer l'amor. I ella s'ho va deixar fer, va començar a bellugar-se com una boja i sospirava i gemegava. De sobte, Maria, que tenia els ulls oberts i ho observava tot, va deturar-se en sec i, mentre xisclava unes paraules inintel·ligibles, m'apartava d'ella i feia acció d'alçar-se. Tot el meu sexe i les seues cuixes, vora l'entrecuix, eren plens de sang. A la vora de l'orgasme, vaig sentir un colp sec en el pit, com si anàs a rebentar tot jo. Maria es mirava i remirava i les seues mans havien envermellit de sang.

Es va posar a plorar encanada, tot mirant-se les mans i l'entrecuix alhora. A mi l'esglai no em passava i jo la mirava esbalaït, mentre la sang li regalimava a petits fils cuixa avall. Maria es va abraçar a mi i les seues llàgrimes tèbies regallaven pel meu pit. Quan va aconseguir calmar-se, que jo no havia gosat dir-li res, va tornar a mirar-se. A penes tenia més sang que abans.

—No te n'ix més —li vaig dir finalment, amb un fil de veu imperceptible. Vaig buscar el mocadoret que duia a la butxaca i amb ell va torcar-se la sang. No se li'n veia eixir més.

—¿Què m'has fet? —va gosar dir-me, amb un xic de recriminació.

No li vaig contestar res. Vaig collir un grapat de brins d'herba i vaig torcar-me la sang com vaig poder. Maria continuava guaitant-se l'entrecuix i es calmava més i més en veure que la sang se li havia deturat definitivament.

—¡Aigua, vull aigua! —va demanar-me.

—No en duc. Si no t'esperes que baixem fins aquell reguer...

La seua nuesa era diferent a l'anterior. Era una Maria indefensa, subtil, esporuguida, d'ulls esglaiats, infantils, immadura. Semblava que els seus pits havien perdut tot l'atractiu anterior i que estaven allí involuntàriament, com dos bagots de raïm immadurs. Tot el seu cos, fràgil, esvelt, s'havia trencat, solsit, s'havia arraulit sobre ell mateix, havia amagat la dona que jo m'imaginava; era un cos de xiqueta, immadur.

Va començar a vestir-se. Jo també. Sense dir cap mot va començar a baixar la senda, sense esperar-me. Vaig engegar la moto i quan vaig arribar al seu costat la vaig invitar a pujar-hi. S'hi va negar. Així vam anar, ella davant i jo darrere seu, fins arribar al primer reguer que hi havia a prop de la carretera. Es va rentar les mans i, tot guaitant que ningú la veiés, l'entrecuix i les cuixes. Jo, després de rentar-me també, vaig esperar per veure què feia ella, no fos que pretengués, tan tard, arribar a peu al poble.

—¡Anem-hi! —digué alhora que se m'atansava, somrient ja de contenta. Com m'havia esglaiat. ¡Tan bé com hagués pogut acabar!

La vaig tornar a abraçar i la vaig besar intensament. Després li vaig mussitar a cau d'orella:

—¡A l'altra vegada! ¡Ja ho veuràs!

Mentre circulàvem per la carretera acompanyats per un vent que, buit de sol, havia esdevingut fresc, jo maleïa la sang, la sang de Maria, però duia encara un xic d'esglai, que la sang sempre esglaia, i no sabia quin dany havia pogut fer-li, que ara, no sé com, en veure-la tan indefensa, havia començat a estimar-la una mica.

15

El sol primaverenc ruixava amb la seua roentor el meu cos nu. M'havia deixat dur com ona empentada per una brisa nova, abellidora, que, no saps com, sempre has intuït que esperaves i que ara reconeixies, com si en un altre temps, un temps que saps inexistent, haguesses viscut i experimentat. Mai no hagués imaginat que una carn tèbia, anhelant, apassionada, bellugadissa, pogués transmetre'm sensacions tan agradables mentre em besava el rostre i s'entretenia sobre els meus pits i llavis expectants. Les mans de Sergi recorrien tot el meu cos, nervioses, i no donaven abast a omplir tota la seua passió per encabir-se dins meu. M'acariciava, m'estrenyia les toves carns de les natges amb les seues mans fins a fer-me nosa, m'empenyia contra ell fins que arribava a sentir-me ofegada contra el seu pit. Jo era en un altre món, passiva, i sabia que l'ona acabaria retrobant la costa, creixent per moments, que s'estavellaria finalment i hi trobaria lloc per a esplaiar-se. Res més pensava, perquè havia embogit.

Vaig sentir com una sensació nova quan Sergi va fregar-me suaument el pubis. La seua insistència m'obligà a eixancar-me perquè eren plaents les seues carícies. Arribaven a posar-me desficiosa de tanta excitació com sentia, però no les podia defugir. En un cert punt el delit produït era més intens. Sergi, inexpert, hi tornava i en fugia involuntàriament. Vaig haver d'indicar-li on m'havia d'excitar. Sentia com si tots els meus nervis s'hi haguessen concentrat, i a través dels dits de Sergi vaig adonar-me d'un trosset de carn que era el centre del meu delit. Per un moment vaig experimentar com un sotrac i em vaig esglaiar, però la meua voluntat era més feble que el meu desig de saber com m'estavellaria contra la voramar. El cor em bategava i jo bleixava, atrapada a Sergi. De sobte, ell, va introduir el seu sexe. No vaig oposar-hi cap resistència. Estava capficada en aquest nou delit que havia descobert i més aviat em va produir un nou plaer. En el cim de l'excitació em bellugava rítmicament tot buscant de fregar aqueixa molleta de carn, que fins aleshores havia ignorat, contra el seu cos. En un d'aquests moviments vaig sentir una punxada dins meu, però el plaer era més gran que el dolor. Quan semblava que anava a perdre de vista tot el món que no fos concentrar-me en el delit nou que havia descobert, vaig veure que el penis de Sergi estava tacat de sang. L'esglai que vaig sentir em paralitzà tot delit i vaig pensar en la punxada que un moment abans havia notat. Em vaig esverar perquè si era molt el dany i tot seguit acudiren al meu cap un ramat de temors i escrúpols. Vaig pensar que ara els meus pares se n'assabentarien perquè no hi hauria altre remei que explicar-los-ho, que no creurien tan fàcilment cap historieta, i el meu germà Jaume diria que havia tingut ell raó. Em vaig sentir indefensa com mai i només quan la sang va començar a deturar-se em vaig tranquil·litzar a poc a poc. Després d'haver-me rentat amb l'aigua d'un reguer que hi havia més avall, vaig comprovar que no me n'eixia més, de sang, i vaig lamentar que l'ona no arribàs a la voramar, escumosa i exultant. Sergi estava pàl·lid i esglaiat i li somriguí per tal d'animar-lo. M'abraçà i em digué que una altra volta.

L'endemà vaig entrar en una llibreria. En tota la nit no havia pogut dormir de pensar en l'experiència de la vesprada. L'excitació que havia sentit, la sang, compartien per igual el meu malson. Els meus dits buscaren aquell trosset de molleta i al cap d'una estona de furgar-m'hi va alçar-se erecte. La meua germana s'havia adormit en el llit de la vora. Arraulida sobre mi mateixa anava excitant-me, alenant amb la boca oberta, fins que vaig començar a bellugar-me amb un fort neguit, que el cor se'n volia eixir del meu pit. Vaig quedar-me una estona sense moure'm, escoltant-me tota, esperant alguna reacció. Al final la son em va véncer.

En un dels prestatges hi havia el llibre que buscava. Era ben il·lustrat. El vaig fullejar amb recel, mentre anava pel carrer. Vaig aprendre què era el clítoris, el meu recent descobriment, on era i per a què servia. I vaig assabentar-me de què era la vagina, què eren i per a què servien els ovaris, quins eren els períodes fecunds i els infecunds. Astorada, vaig comprovar que d'haver acabat ahir tot com jo havia desitjat, hagués quedat de ben segur embarassada. Al llibre s'explicava què era l'himen i què solia succeir en la primera relació. Vaig tranquil·litzar-me totalment ja que ara ho comprenia tot. Tenia ganes de comunicar-ho a Sergi a fi que es tranquil·litzàs també. Hi havia, finalment, il·lustracions i explicacions sobre el penis i els testicles dels homes. Ningú no m'ho havia ensenyat mai, tan important que ho creia ara.

Quan vaig eixir de l'institut ho vaig explicar tot a Sergi i se'n va alegrar molt, i quan li vaig confessar que hagués pogut ser pare al cap de nou mesos es va fer blanc com la cera.

L'endemà vaig anar a cercar la Carme, perquè estava que em fonia si no xarrava amb algú d'aquestes coses. No vaig entrar directament en el tema, sinó que vaig esperar el moment escaient per dir-li que havia comprat un llibre que parlava de moltes coses que ignoràvem. Li'n vaig parlar, sobretot, de les que feien referència a la meua experiència de feia dos dies, sense confessar-li res. Així va ser com em vaig desfogar un poc, que els nervis se'm menjaven. Vaig deixar el llibre a la Carme perquè el va trobar interessantíssim.

El mutu descobriment dels nostres cossos originà que Sergi i jo acabàssem d'enderrocar els íntims secrets que ens separaven. Ens havíem vist nus i aquest fet ens obria, esbatanades, les portes dels ulls i ens miràvem l'un a l'altre com si fóssem la mateixa flor, com si formàssem part d'un món només nostre on tot se'ns acoblàs com l'anell al dit sense que poguessen cabre-hi les discrepàncies. En sortir de l'institut passejàvem pels carrers, mentre parlàvem, réiem o observàvem els detalls dels quals mai no ens havíem adonat. Així va ser fins que un dia Sergi em digué que m'invitava a anar a sa casa a sentir discos dels Beatles.

Hi havia només la criada. Sa mare havia eixit de visita i son pare encara tardaria una hora a arribar.

Entràrem en l'habitació de Sergi. La criada va dir que deixàssem la porta un poc junta, per si venia la senyora. Sergi em va mostrar els discos. En tenia grans quantitats. Dels Beatles els tenia quasi tots.

—¿Quins vols que posem? —em va dir.

En vaig triar un arreu, puix que no me n'agradava cap en especial, sinó el ritme de la música del conjunt anglés. Eren les veus, les guitarres... Vam asseure'ns sobre el llit. La criada, per congraciar-se, va entrar-nos uns gots de cola fresca. Va deixar, dissimuladament, la porta mig oberta. Sergi es va alçar d'un bot i d'una puntellada la va tancar. El ritme imparable dels Beatles emplenava tota l'estança. Tot vibrava a l'uníson. Sergi s'aixecà i es va posar a ballar aquell ritme boig que cada cançó duia dins seu. Feia monades. Però les feia bé. Em vaig alçar també i ens vam posar a ballar tot fent els moviments més extravagants que podíem. De tant en tant ens réiem de nosaltres mateixos. Suàvem...

Because I'm in your heart
Because I'm in your mind...

... deia una cançó. Jo pensava si cadascú de nosaltres era en el cor i en la ment de l'altre. Paraules d'amor. Vam mig gitarnos sobre el llit. Els nostres cossos eren prop. Sergi em va eixugar la suor del front i me'l va besar. Vaig quedar-me esperant perquè em besàs més. Ell no tardà gens a besar-me més. Apropà el seu cos al meu. El so elèctric de les guitarres feia vibrar el nostre desig.

No vam sentir ni veure entrar el pare de Sergi. Només vam sentir la seua veu grossa i tremolosa d'indignació, com un desacord dins la cançó. Ens vam quedar palplantats. No vam dir res. El so elèctric de les guitarres indignava el seu rostre, omplia de ràbia els seus ulls. Sense apagar el tocadiscos va traure'n el disc i el llançà a terra, irat. Sergi va seguir la seua trajectòria com si fos un tros de la seua ànima.

—¡Digues a aquesta desvergonyida que isca immediatament de ma casa! —va dir sense mirar-me.

Vaig eixir-me'n corrents, tot plorant, mentre sentia uns colps. Només vaig sentir que Sergi, llastimós, xisclava: «¡Papà!»

A love like ours
could never die
as long as I have you near me.

Bright are the stars that shine
dark is the sky
I know this love of mine
will never die
and I love her.

Havia estat la darrera cançó, la del disc que jeia en terra.

16

A fora, els capolls de baladre, closos dins els sèpals, serien escapçats per una mà criminal, humits d'aiguatge. Vaig pensar que mon pare era una bèstia. Els ulls se li n'eixien, d'inflats com els tenia, sangonosos. Em pegava com si jo fos un espantall insensible, mancat d'ulls i de cor. Jo xisclava, incrèdul primerament, ple d'odi després, mentre s'acarnissava tot batussant-me cada vegada que se m'ocorria dir-li que m'estimava Maria. Mon pare bramava que era una miserable que no tenia on caure morta i que fent-se la moixa se m'havia menjat els ulls i que jo ara només veia a través seu. Jo li responia que no m'importava gens i ell insistia que Maria era una mala gossa. Amb els peus va esclafar el disc que hi havia per terra perquè no mirava on els posava. Quan em va deixar amarg com un tast de fel, va eixir-se'n tot tancant la porta i xisclant-me que em gitàs sense sopar.

L'estança va quedar en silenci. Feia anys m'havien apallissat perquè vaig aprendre a estimar el meu cos. Ara la raó era que estimava Maria. La cambra va començar a fer-me ois, i també les seues parets empaperades, nues, en les quals ma mare m'havia prohibit que posàs res penjat. Tant com m'hagués agradat d'empaperar-me-les amb pòsters dels Beatles i d'altres conjunts. Però això enlletgia les parets, deia ella. Un no podia viure com desitjava ni en sa pròpia casa. Ni podia estimar-se ni estimar lliurement. El meu cervell se'm va estancar com les aigües mortes en un neguit d'odi i de frustració, d'impotència, ja que no trobava quina eixida podria donar a aquesta situació que jo veia tan clara. Només vaig pensar, ho recorde ara ben clar, que vaig sentir moltes ganes de fer-me fadrí i poder disposar de mi mateix. La idea d'anar-me'n de casa, encara tardaria un poc de temps a assumir-la com a possible.

Va entrar ma mare. Em vaig posar d'esquena a ella perquè ja intuïa les reflexions que em faria. Tanmateix ella no s'hi va resistir. Va dir que havien decidit voluntàriament de no tenir més fills perquè havien planificat que jo heretaria tota la riquesa seua i em convertiria en el xic més ric i sol·licitat de tot el poble. Que tot aquest sacrifici que ells havien sabut sofrir, car haguessen desitjat tenir més fills, anava jo a llançar-lo ara enlaire per una xica, que sí, que era molt bonica, però que s'havia criat pel barranc amb els nassos sempre plens de mocs i uns germans apedaçats. Que sa mare era una bona persona, sí, però que son pare era un borratxo i un malfeiner que no era conegut per altre nom que per l'Home del Barranc. Que no m'adonava jo com ella només anava darrere dels meus diners, que de menuda ja la vam haver d'enviar del teu costat, que només feia que ensenyar-te jocs de raval.

Jo havia de pensar en alguna de les pubilles del poble, encara que els pares ja m'ho tenien tot mirat, va afegir, «i n'hi ha tres d'elles que es moren de gana perquè nosaltres els n'indiquem alguna cosa. No faces el riota passejant-te amb eixa xica pel poble, que tothom se'n riurà darrere teu.» Jo continuava mut, perquè el meu silenci l'anava empipant. «Ara després t'entraré, encara que siga, un bol de brou calentet, que no és bo que et gites amb la panxa buida. No te'n preocupes, que el papà no s'hi oposarà...»

El bol de brou calent estava fred al matí quan em vaig despertar. Em vaig prendre el desdejuni sense dir bon dia a ningú i vaig anar a agafar la moto. Tenia la cadena passada i la claueta no era al cadenat. Ma mare em digué, seriosa, autoritària, que mon pare havia prohibit que agafàs la moto, que anàs a peu com tothom, i que ja me'n parlaria més a espai a migdia. Me'n vaig eixir enrabiat del xalet sense tancar cap porta, vaig creuar el pont del barranc i vaig trucar a casa de Maria, sense amagar-me'n, perquè la mateixa ràbia em feia desafiador. Maria ja se n'havia anat davant, va dir-me sa mare, que avui no s'havia alçat massa ben feta. Vaig córrer per si encara la trobava. La vaig descobrir a meitat carrer de Dalt. Caminava erta, amb orgull, a poc a poc. Vestia els vaquers i una brusa blanca. Vaig voler-la cridar, però pensí acostar-m'hi, tocar-la per darrere i veure quina cara de sorpresa posava, ja que volia endevinar si encara continuava estimant-me.

La seua cara entristida a penes va somriure en veure'm. Els ulls se li van abotonar com si alguna pena els volgués rebentar i s'estigués aguantant. Pel carrer passaven vianants. No s'estaven d'expressar amb la seua cara quins pensaments els ballaven pel cap en veure'ns a Maria i a mi tan enamorats. Vaig besar la Maria, la vaig agafar per la cintura i, així, sense dir-nos cap mot, arribàrem a l'institut. Assegut al rebedor hi havia mon pare. Maria va intentar separar-se de mi. Jo la vaig estrényer més fort que mai i ella es va recolzar lleument sobre mi, potser amb un senyal d'agraïment. Aquell primer pensament que vaig tenir en pensar que podria aprofitar-me de Maria anava capgirant-se. Si bé per una banda seguia ara més viu que mai, perquè havia arribat a la deu i no hi havia pogut beure, tanmateix havia començat a sentir per ella una sensació de propietat. L'havia feta ja un poc meua, com un fa seu un glop d'aigua fresca pouada d'un aljub.

Mon pare havia anat a l'institut per demanar un horari escolar, puix que em volia controlar cada minut. M'ho va confessar mentre dinàvem, després d'haver-me recordat la meua actitud desafiant del matí a l'institut i com ell s'hagué d'aguantar a fi de no alçar-se i pegar-me un parell de bufetades davant dels meus companys.

Hi havia a fora, sobre el barranc, un cel gris, com si amenaçàs pluja. Vaig pensar que s'acostava la primera tronada de primavera. El baladre es bellugava lleugerament. El vent era humit. La fadrina només deia paraules soltes perquè no volia trencar la seriositat de la taula. Mon pare tenia el posat orgullós, seriós i ert, com un gall dindi. Ma mare no sabia quina postura prendre i dubtava entre donar suport a l'actitud de mon pare o començar un maternal sermó vicentí. Jo m'havia capbussat sobre el plat i pensava com podria pegarla a mon pare i poder-me veure amb Maria. Maria jugava al carrer amb Sílvia, la seua germaneta menuda. De tant en tant, els seus ulls miraven cap al xalet. Els meus pares es miraven dissimuladament i jo els notava empipats, perquè sabien el que jo pensava. El vent començava a bufar més fort. Xocava contra els vidres dels finestrals. Unes gotes aïllades va esguitarlos. Abellia encendre la llar. Maria es va amagar amb la seua germaneta. Plovia més intensament i es va sentir, un poc lluny, un tro. Mon pare em va ordenar que romandria en l'institut el temps just de les classes i que tot seguit havia de tornar a casa i dedicar-me a l'estudi car el seu amic professor li havia assegurat que jo podia traure'n més profit. A més, el seu amic l'informaria al moment de les relacions que jo mantingués amb Maria dins de l'institut.

Vaig tancar-me en l'habitació fins a l'hora d'anar a classe. Hi regnava un silenci mandrós. Jo el volia conservar perquè així podia parlar-me jo mateix. El fort aiguat devia haver entollat el barranc perquè jo sentia el xipolleig de l'aigua. Vaig arribar a la mateixa conclusió: em sentia impotent. Només reia quan m'imaginava les pubilles del poble esperantme vestides de promeses i jo fugint amb la Maria. ¡Fugir amb la Maria! ¡Quina idea tan meravellosa! Però, ¿com?, ¿a on? No trobava cap eixida. Totes les possibilitats acabaven en un atzucac més o menys estret. Calia aguantar i comprovar qui es cansaria més aviat. Com continuava plovent, mon pare va dir-me, amable, que em duia a l'institut en cotxe. Vaig fer que no me l'escoltava i, amb la caputxa de la casaca tirada al cap, me'n vaig anar.

La notícia del meu segrest casolà va córrer pel poble com un gat escarotat. Corria entre les famílies posseïdores de pubilles i entre les dones xafarderes. Ma mare arribava cada dia a casa sufocada de les xarrades que havia hagut de sentir-se ací i allà. Tothora teníem la mateixa conversa, les mateixes mirades, ja que mon pare s'assabentava que Maria i jo ens parlàvem i passejàvem tots plegats per l'institut a l'hora de l'esplai. Va amenaçar-me de posar-me el curs vinent intern en un col·legi de la capital si no en desistia, i que si enguany no ho feia era pels mateixos consells del seu amic professor, ja que el curs estava massa avançat. De totes maneres, dissabtes i diumenges, que no hi havia classe, se m'enduia darrere si eixia de casa, puix no es fiava de mi i temia que ma mare claudicàs. El que mon pare ignorava era com Maria i jo ens véiem fora de l'institut de tant en tant. Maria, a un senyal meu, se n'eixia de casa, feia un gran volt i se'n venia davant del xalet acostada a la vora del mur del barranc. Era quan els meus pares no eren a casa. Amb qualsevol excusa deia a la criada que me n'eixia al jardí a deixondir-me una mica. Quan ella s'encantava jo saltava al llit del barranc i xarrava amb Maria, i tapats pel baladre ens besàvem. Així anava jo assabentant-me de molts dels rumors que hi havia pel poble. Quan veia que els meus pares creuaven el pont per venir a casa, me'n pujava tot seguit, me n'entrava a la cambra i simulava estudiar. Mai no he sabut si la fadrina en devia sospitar res. Si ho arribà a sospitar, ben bé va saber-se'n fer la desentesa.

En una d'aquestes trobades Maria va començar a plorar només em vaig atansar a ella, i no la podia consolar perquè no volia contar-m'ho. Assegurava que fóra millor que no ens veiéssem més perquè ella patia molt. Tremolava com un pardal pres entre les mans d'un xiquet. No donava abast a eixugar-se les llàgrimes. Jo li acariciava els cabells. Li insistia a fi que m'ho contàs tot. Finalment va començar a parlar. Digué que se'n volia anar de casa.

17

Aquell vespre que vaig haver d'eixir-me'n plorant de la teua cambra a causa de les paraules de ton pare, vaig travessar el pont tot d'un sanglot, que el cor el duia a la boca i era amarg com les flors del baladre. Vaig quedar-me al brancal de ma casa a fi que s'esvaís la meua pena, però al cap d'una estona va eixir-ne mon pare i em digué que com trigava tant a entrar, puix que a través de la finestra m'havia vist venir.

Descobrí encara les meues llàgrimes i em preguntà per què plorava. Vaig callar. Va dir: «¡Aquell mocós!» No m'estranyà gens que ho endevinàs perquè ja havien estat massa les voltes que havies vingut per mi després que m'havien llevat el guix del peu. Jo no volia que recaiguessen les culpes sobre tu. Per això, amb una veu feble, vaig respondre que no, que tu no tenies cap culpa. «¿Qui, doncs?», insistí ell. Com ton pare m'havia ferit tant, no vaig dubtar-ho gens a dir-li-ho: «Ha estat son pare.» Ell s'ho imaginà tot. «¿Què s'ha cregut el bord aquell?», digué mon pare. No vull ocultar-te cap mot, Sergi, per aspre que siga, que vull que ho sàpigues tot. Després, mentre sopàvem, es va desfogar i, davant de tota la família, ho contà tot. Diu que ton pare vivia sol amb la teua àvia i que ella anava vestida de dol, de cap a peus. Del teu avi, ningú no en parlava en casa com d'un home viu. Diu que fins i tot quan anaven al cementeri, visitaven un nínxol, el nínxol d'aquell difunt que li deien com a ton avi. Però el teu avi no era mort. Vivia amb una altra dona, aquella bagassa, com l'anomenava la teua àvia, quan ja de majors no va poder ocultar la veritat a ton pare, que el secret era tot veus al carrer, tot mirades sobreenteses entre els pocs amics que suportaven el seu caràcter misantròpic. La teua àvia diu que era el sergent que feia de mare i de pare; un sergent que no deixava jugar ton pare al carrer perquè temia que passàs el teu avi i se l'emportàs a sa casa agafat de les orelles. Diu mon pare que el teu també va passar molta gana, perquè el teu avi els passava una pensió ben migrada, la qual lliurava a una veïna de confiança a fi que ella us la lliuràs a vosaltres. La teua àvia a penes tenia res més que anar tirant, i després de la guerra van passar tanta gana com tothom. Ton pare és riquíssim per l'herència que li va deixar l'avi maleït, el qual no va tenir cap fill amb la dona amb qui vivia. A punt de morir diu que va cridar el teu pare, ja que desitjava que fos al seu costat en un moment tan transcendental. Ton pare va respondre que mentre aquella bagassa fos allí dins, ell no havia de posar-hi els peus. Ella no va voler-se'n anar mentre que li quedàs al teu avi un alé de vida, car era el seu home i l'havia d'amortallar. El teu avi va morir acaronat per les mans d'aquella dona. Després, a la força, la'n van traure a fi que ningú no hi veiés la meuca, tot tacant l'honorabilitat del teu pare, el seu dol filial, tot recordant-li que tenia un pare que havia mort de petit i havia ressuscitat de major. El taüt va ser de primera, com la hisenda. El funeral el presidiren setze capellans. Calia que el teu avi quedàs content a última hora i que la gent pensàs que tota la vida pare i fill s'havien estimat d'allò més.

Tot això contà mon pare del teu. El meu germà Jaume, quan ho va saber, volia anar-se'n a ta casa i trencar-li la cara. Entre jo i ma mare el vam retenir.

A partir d'aquell dia els meus pares van canviar, com si s'hi haguessen posat d'acord. Jo trobava sovint ma mare guaitant el teu xalet i en els seus ulls descobria un esguard de cobdícia. Ella mateixa devia estar contemplant com passejava pel jardí ella, la mare de la promesa, la nora. Jo descobria que el cor dels majors és dur i egoista. Encara no m'havien preguntat si tu i jo ens estimàvem de debò. El meu pare, que ara té menys treball perquè la temporada de la collita ja s'acaba, no s'estava de sermonejar-me tothora. Em recomanava que no abandonàs la teua cacera, que les dones sabem com fer-ho. I sempre acabava amb la mateixa frase: «Veges si et gites amb ell, que així no se'n podrà escapar; ja me les arreglaré jo.» Jo envermellia, no per les coses que ell deia, sinó en pensar que ja ens havíem gitat i que ningú no ho sabia, i que justament hagués pogut passar allò que ell em recomanava fer.

Ell per un costat i ma mare per l'altre. Cada dia em demanaven què havíem fet. Si els deia que res, s'emprenyaven. De manera que finalment els contava que ens véiem i passejàvem plegats a l'hora de l'esplai. Quan veien que dissabtes i diumenges el teu pare se t'emportava en el cotxe, blasmaven contra ell, tot dient que no ningú li furtaria el seu cadell de peluix.

Els meus germans majors, sobretot el Jaume, miraven les coses d'una altra manera. Defensaven que cadascú era lliure d'estimar qui volgués, però si tants d'impediments hi havia per estimar-te, que t'enviàs a tu i sobretot el teu pare a pondre, que xics no en manquen a una xica com jo. Als meus pares, els sabia greu sentir aquestes paraules i s'emprenyaven també amb ell.

Per a mi l'ambient esdevenia cada vegada més sufocant. No he viscut a gust durant aquests dies. Només el teu amor i la claredat d'aquest sol primaverenc han desemboirat la meua ànima, corpresa en un ball de sentiments contraposats.

Avui, Sergi, no he llevat els ulls del teu xalet, per si em cridaves. Et jure que si no m'arribes a cridar, hauria estat capaç de venir a buscar-te. Com no t'he deixat parlar, no m'has preguntat per què no he assistit avui a l'institut. Però vull seguir contant-t'ho en ordre, que no vull perdre'n el fil. Ahir mon pare no anà a treballar. Com sempre que fa bon oratge, passà el matí al corral, on fa més fresca. De vesprada, però, se'n va anar, com de costum, a la taverna. Eren les vuit del vespre quan en retornà. Jo estudiava a la saleta. Va obrir-ne la porta d'una espenta i, malgrat que em va veure, preguntà on es trobava aquella mèntula de filla que tenia. Venia borratxo. Li ho vaig notar en els ulls rojos i perduts i en el caminar insegur. El vaig mirar estranyada, sense sospitar res. Em va agafar del braç i m'arrossegava cap a ell mentre barbotejava que ell m'ensenyaria com havia de comportar-me envers tu. Tenia la força d'un bou i no podia despenjar-me de les seues mans. Ma mare va acudir en el meu ajut. La casa es va tornar un manicomi ple de crits i de plors. Ma mare va caure a terra a causa d'una sacsada que li pegà mon pare. Sense deixar de renegar em va arrossegar dalt i va entrar-me en la meua habitació. Els meus germans menuts s'havien quedat allí a baix plorant en companyia de ma mare. «Ara veuràs tu com ho has de fer per a casar-te amb aquell mocós», xisclava mon pare, que la cara se li havia embrutit. Em va arromangar la falda i intentava baixar-me les bragues fins que ho va aconseguir, perquè a mi les forces m'havien fugit. Em va venir un espasme. Em sentia impotent per a reaccionar. D'una espenta em va llançar damunt del llit. Jo veia que es baixava els pantalons. No podia deixar de mirar-lo i cada vegada em sentia més incapaç d'alçar-me i fugir. M'havia arraulit com un cuc de boleta i em protegia com podia. Mon pare, nu de cintura cap avall, intentava separar-me els genolls i sempre repetia la mateixa frase: «Ara t'ensenyaré jo a tu com ho has de fer.» El meu propi esverament em donava forces per a aguantar tant com podia. Finalment ell va caure damunt del llit, al meu costat, i continuava forçant-me a cedir. Pudia a vi com un celler. Estava vermell com una cirera i suava com una botija vella. Jo gemegava perquè no m'eixien les paraules. Ell s'havia posat damunt de mi. A tot això, ma mare i els meus germans menuts ja eren a la cambra. Ma mare va llançar-se sobre mon pare i s'esforçava per apartar-me'l. No sé com no em van esclafar entre tots dos. El meu germà Jaume diu que va pujar escapat com un projectil de fona en sentir tot l'avalot que hi havia dalt. Només sé que d'una espenta va arrancar el meu pare de damunt de mi i el va llançar contra la paret com un sac.

El que va passar després ja t'ho pots imaginar. Vaig tardar molt a calmar-me un poc del xoc rebut. El meu germà Jaume es quedarà d'ara endavant dormint en la meua habitació. Hem hagut de fer-hi un traspàs de llits. A mon pare, ningú no li ha adreçat aquest matí la paraula i diuen tots que com si s'hagués mort ja. Ell s'ha excusat dient que a la taverna els seus amics es burlaven d'ell i li deien que tenia una filla amb gran retardament mental. Es veu que el van saber envalentonar, que només li mancava això, a ell. Però de totes maneres, Sergi, jo no desitge viure més en la mateixa casa on viu mon pare. ¡Vull anar-me'n de casa!

18

De sobte Maria i jo vam deixar de trobar-nos plegats i de parlar-nos públicament. Havíem decidit que tots dos fugiríem de casa.

Començàrem a planificar la nostra fugida: ens aprofitaríem del viatge de fi de curs. Aquest era el moment més escaient, vam pensar, puix que ens allunyaria de casa sense cap problema. A fi que no hi hagués reticències per banda de mon pare, jo donaria a entendre que ja no l'estimava. Així és com jo pensava que m'hauria de guanyar novament la confiança de mon pare. No tardaren a arribar-li'n les veus. Degué ser el seu amic professor.

—¿M'han dit que ja no et parles amb eixa xica? —va dir mon pare.

—¡Ja no! —vaig contestar secament.

—Sabia que ho recapacitaries i te n'adonaries. Ets jove, encara, i els joves no sabeu el que us porteu entre mans. Se us escalfa la sang i no teniu cap mirament més. Bé, me n'alegre. Ara podràs eixir de casa i tornar-hi quan voldràs. Ja pots comprendre que jo, Sergi, només ho havia fet pel teu bé.

Sempre diuen el mateix, que tot ho fan pel nostre bé, però poques vegades els surt bé allò que han fet pel nostre bé. Calia, però, callar i aguantar.

Maria i jo continuàvem comunicant-nos a través de paperets escrits, els quals, tot seguit de llegir-los, esgarràvem. Ens parlàvem d'amor i com havíem de reprendre els nostres instints, tan prop érem l'un de l'altre; els paperets anaven encesos de cors i de promeses. No res que canviàs la situació anterior o qualsevol sentiment més fortament sentit era suficient per a comunicar-nos-ho; així, hi havia dies que ens escrivíem deu i dotze paperets.

Jo coneixia a través d'ells que després de l'incident que Maria havia tingut amb son pare, els seus germans estaven al seu favor i no permetien que son pare li adreçàs la paraula ni que sa mare li preguntàs res sobre les nostres relacions, encara que ella no podia estar-se, de tant en tant, de soltar-li alguna indirecta.

Érem ja en la primera quinzena de maig. L'estiu semblava que havia vingut avançat, llevat d'algun dia que les tronades feien aparició i refrescava la nit. Havia començat a organitzar-se, a primers de mes, el viatge de fi de curs, moment esperat per Maria i per mi. Jo havia deixat que mon pare anàs fent-se a la idea del meu trencament de relacions amb Maria, a fi que no semblàs tan descarat. Així, quan ja estava content de veure que els meus propòsits anaven de debò, li vaig demanar, sense cap aparença d'exigència, si em permetia d'anar al viatge organitzat pel nostre curs.

—Sí, home —va dir-me complaent. Encara que afegí convençut que la resposta seria negativa—: No hi anirà aquella xica, ¿eh?

—¿Com ha d'anar, amb els diners que costarà? —li vaig respondre.

—Bé, bé, doncs, no m'importen els diners, a mi. Compta-ho com a segur, tu.

I després em preguntà per tal que jo comprovàs que ell em prestava atencions:

—¿Ja sabeu on anireu?

—Volen que anem cap a Galícia. Hi veurem les ries Baixes, les Altes i potser després passarem per Santiago de Compostel·la.

—Un viatge bonic, sí, senyor. Algun dia haurem d'eixir ta mare i jo de casa i recórrer tots aquells indrets...

Calia que mon pare no arribàs a sospitar ni per un segon que Maria també hi venia. Els seus germans s'havien oferit a pagar-li el viatge, perquè volien que fos com les altres xiques, i perquè desitjaven que eixís durant un temps de casa a fi que perdés de vista el seu pare. Vam haver de cavil·lar prou per trobar una solució. Després de diverses propostes, va ser aquesta que m'envià Maria la que més m'agradà:

«AMOR MEU: Ja tinc la solució. He parlat amb Àngels, la meua amiga més amiga. Ja saps que ella no pensava venir de viatge. Li he contat en secret el nostre problema i li he proposat aquesta solució: que done ella el seu nom per tal que l'agència tinga el nombre d'alumnes complet, i que a última hora jo pujaré a l'autobús en comptes d'ella. ¡M'ha contestat que SÍ! ¡¡¡Ja ho tenim clar!!!

¡T'ESTIME, SERGI, AMOR MEU!

P.S.: Recorda't d'esgarrar tot seguit el paperet i de contestar-me què et sembla.»

Tanmateix hi mancava algun detall que jo no endevinava. Després de calfar-me el cap, ho vaig trobar: si a última hora acudia Maria a l'autobús i mon pare la hi veia, jo em quedava sense viatge. Vaig cavil·lar-ho durant tota una vesprada. Mentrestant ella m'envià un altre paperet on es manifestava preocupada per la meua tardança a contestar-li. No sé com vaig pensar en els seus germans. Sí, els seus germans podrien solucionar-nos el problema. Li vaig escriure l'endemà de matí, només arribar a l'institut.

«AMOR MEU: Pense que ara sí que tenim la solució definitiva. No vaig contestar-te ahir per no desil·lusionar-te més. Vaig preferir el silenci. Tanmateix, prepara't: Si Àngels dóna el seu nom, però a l'hora de pujar a l'autobús ets tu qui s'hi presenta, com que els meus pares voldran acomiadar-me, tot ho haurem espifiat. Però si els teus germans et porten al PRIMER POBLE per on hem de passar i tu ens hi esperes, tot serà resolt. Parla-ho amb ells i si ho

accepten, m'ho dius. Tirarem endavant tot el pla. No t'oblides d'esgarrar el paperet. Adéu, AMOR MEU. ¡Fins sempre!»

Maria explicà als seus germans que jo em quedaria sense viatge si els meus pares sabien que ella també hi anava, i que ella per res del món desitjava que jo restàs sense anar-hi. Així que van acceptar la seua proposta.

Mentrestant els dies passaven i el dia 20 de juny, dia programat per a l'eixida, s'apropava a passos de gegant. Amb l'excusa del viatge, jo havia aconseguit que mon pare compràs un mapa de tota la península ben detallat. Jo hi havia traçat a llapis una línia per on havia de passar l'autobús segons l'itinerari que l'agència ens havia facilitat. Anava coneixent el nom de cada poble i mirant en quin podríem fugir, quins avantatges i quins inconvenients hi havia en cadascun d'ells. Descartava aquest poble i posava un interrogant sobre aquell altre. Fugia dels llocs calorosos i erms. Així vaig arribar a la conclusió que no caldria escapar-nos mentre no arribàssem a Galícia. En aquest temps la mateixa Galícia tindria un clima benigne, i un paisatge accidentat per a poder-s'hi ocultar, boscós, i hi abundava quemenjar i els refugis de cases abandonades pels pagesos. Podríem amagar-nos en qualsevol platgeta de voramar, en qualsevol racó d'una ria o, si calia, entre els castanyers de la muntanya. Era ara quan ho havíem de tenir tot ben planificat: a on i quan. Així li ho vaig demanar, a Maria. Va contestarme al cap d'una hora:

«AMOR MEU: He estat pensant, com tu em demanaves, en el lloc i el moment de la nostra fugida. Per un costat ens caldria fugir el més aviat millor a fi de retenir la major quantitat de diners disponibles. D'altra banda, però, ens convindria conéixer el lloc i habituar-nos-hi per saber on pegar i com. I, tot, conformant aquest darrer punt d'un temps d'espera, per a no agrir tan prompte la festa als nos-

tres companys. Podríem estalviar-nos de despendre els nostres diners mentrestant.

T'ESTIME, AMOR MEU.

Esgarra el paperet tot seguit.»

Estava tot molt ben pensat. Caldria, naturalment, combinar el màxim de coneixement del lloc amb l'estalvi dels diners, car els hauríem de menester. Vaig pensar que podríem deixar una carta en la consergeria de l'hotel adreçada a un dels professors i explicar-hi que ens n'havíem anat voluntàriament i que prosseguissen el viatge amb tota normalitat, que ja ens posaríem nosaltres en contacte amb els nostres pares.

Les darreres nits, les passava quasi en vetla i les aprofitava per a estudiar, car eren temps d'exàmens i, prosseguint amb la meua tàctica, volia que els meus pares no dubtassen gens dels meus propòsits. Quan em cansava d'estudiar, em posava a ultimar detalls, perquè sempre et vénen idees noves a darrera hora. Els meus pares estaven pagadíssims de veure com havia canviat tant, que se'n feien creus, i amb quina constància i força de voluntat em dedicava a l'estudi. Ma mare m'entrava cada nit, abans d'anar-se'n a dormir, un got de llet calenteta, que ho necessitava, deia ella, que tant com t'ha costat prendre el gust a l'estudi i ara cauràs malalt, si ens encantem.

Una setmana abans comencí a preparar-me la bossa de viatge. Me la vaig comprar ben gran. Hi anava ficant tot allò que no pogués fer sospitar als meus pares. No sé com podia estar-me aparentment tan tranquil, que els nervis se'm menjaven. Cada vegada que creuava els meus ulls amb els de Maria hi feia senyals de trobar-me molt nerviós i ella em responia, de la mateixa manera, que també. La vespra de la partida ens vam trametre el darrer paperet:

«AMOR MEU: No pense dormir en tota la nit per poder gaudir més intensament el moment en què ens trobarem JA lliures a fi de poder-nos estimar lliurement. Tota la nit serà un bell somni i tots dos despertarem els ocells i els ahuixarem perquè volen i òmpliguen el cel de sorolls, de cants i alabatecs, perquè demà serà el nostre dia més gran.»

I hi havia dibuixats dos cors tangents l'un amb l'altre. En un posava AMOR i en l'altre LLIBERTAT.

«AMOR MEU: Estic tan nerviós i emocionat que l'únic que cavil·le a dir-te és que ¡T'ESTIME! Pots estar segura que les nits, a pesar de la son patida, són, també per a mi, un bell somni. Demà ens podrem parlar i trobarem mil ocasions per a besar-nos. ¡¡TE'M MENJARÉ A MOSSOS!!»

I vaig dibuixar-hi un perfil de xica i un de xic que estaven besant-se.

Per la nit tot era ja a punt.

19

El sol xiuxiuejà que m'havia d'alçar. Entrava a glops pels badalls de la persiana que jo mateixa havia deixat mig alçada. Era un sol de color de rovell de l'ou. «Bon dia», li vaig dir. I vaig despertar, de dues sacsades, el meu germà Jaume que dormia el son a grapats.

Vaig voler acomiadar-me de tots els meus germans, i els vaig anar desvetlant, car els volia recordar desperts, amb els ulls oberts, i els vaig besar amb els llavis i amb el cor, que no volia amb els ulls per si em ploraven.

—¿Ja ho tens tot, filla? —em preguntà ma mare abans d'abandonar casa.

—Sí —li vaig contestar. Ens vam besar i no vaig poder evitar que em rajassen les llàgrimes. Plorava sense remei, que el botó que duia a dins no el podia aguantar més.

Ma mare va dir que semblava que no ens havíem de veure ja mai més, i me'n vaig eixir de casa corrents, car el Jaume ja havia engegat la moto.

El baladre brillava, ruixat de sol, ple d'ocells. A través de la persiana del xalet de Sergi vaig veure que s'hi encenia un llum. «Mou de pressa, Jaume», vaig xisclar. I amaguí el cap contra la seua esquena. L'aire era fresc i feia gust de llibertat, que el cel havia matinejat ras com un ull de peix.

L'autobús va tardar a venir quasi tres quarts d'hora. Pensava que s'havia equivocat de camí. De lluny, el vaig veure com esdevenia cada vegada més gran. Vaig posar-me enmig de la carretera i li feia senyals amb els braços perquè es deturàs, que diuen que els conductors, de tant de viatjar, condueixen dormint, i jo el volia despertar.

—¿I Àngels? —digué Josep, un dels professors, en veure'm pujar a mi, tot estranyat.

—No és Àngels, sinó jo la que va de viatge —li vaig contestar plena d'alegria, que Sergi ja era al meu costat i el vaig besar. Josep ho va capir tot i com que era jove va exclamar un ¡hurra! que corejaren i aplaudiren tots els nostres companys. Tothom es va interessar en l'estratagema que havíem muntat per tal de burlar els pares de Sergi i van riure d'allò més. Després vaig seure al costat de Sergi. Els primers moments van ser d'un gran goig. Sergi m'abraçava pel coll, em mirava fixament i després em feia els besos a parelles.

Jo notava com l'aire esdevenia cada vegada més sec i perdia sabor a salobre. Hi havia, ara, els camps plens de vinyes. Els ceps s'arrengleraven geomètricament i els vinyets formaven trencaclosques immensos que s'escampaven sobre el pla, els tossals, les foies i els pujols de les muntanyetes. Era cosa de veure, quina paciència per a arrenglerar-ho tan bé. Els ceps paraven estovats com una núvia, embolcallats de pàmpols.

Tota aquesta terra em semblava una terra lliure. Sempre amb aire de primavera. Ruixada de sol. Els primers camps de blat que hi van aparéixer estaven a mig llaurar. Vaig conéixer el blat al natural, que mai no n'havia vist. Es bressava com la mar de setembre, suaument. Sentia un fort desig d'aturar-me i gitar-me a sobre, desfer-ne les espigues per veure com era el forment. I vam córrer molts quilòmetres sempre pel mateix paisatge. De tant en tant travessàvem algun barranc, o el resseguíem a la vora, i el baladre em feia enyorar-me.

Mentrimentres, Sergi m'anava parlant a cau d'orella i em deia que havia agafat totes les coses que havia pogut i que ens servirien per a després de la fuga: una llanterna, per a les nits, un matxet de quan son pare anà a la guerra, com a arma defensiva i ofensiva, que no se sap mai, un paraigua per a la pluja, que a Galícia diuen que quasi sempre està plovent, unes tisores, fil i agulles, per si calia cosir algun esgarró, un parell de botes de marxa, prou de roba i una manta mitjaneta, que havia convençut sa mare que a Galícia sol fer més fred i calia anar ben amanit per si a les nits refrescava i no es trobava als hotels cap flassada a mà. Son pare li havia donat vint mil pessetes en efectiu i un taló a nom seu per si un cas d'aquells. El taló, de vint mil pessetes més, el duia Anna, una professora. Em va preguntar quants diners duia jo. Jo en portava només cinc mil. «Ja està bé», digué. «Jo sé com cobrar el taló. Podrem viure prou de temps sense patir gens.»

L'autobús anava a poc a poc, ara. Pujava un coll vorejat de pedra blavenca, que semblava que l'havien amuntegada mans de gegant. No es veia cap bri d'herba entre les seues esquerdes. Les roques reflectien el sol i el tornaven blavenc, viu, amb olor a pedra viva acabada de trencar. Hi havia molts erms, plens de pedres i d'una herba esquifida, eixuta. Semblava espart, però no ho era. Devia ser bona terra per a criar-hi escorpins.

Vam deturar-nos a esmorzar en un bar de vora carretera i vam deixondir les cames. Sergi va trobar el moment escaient per a fer-me un bes als llavis rere un tronc gruixut d'una de les acàcies que hi havia vora el bar. Després digué: «Ara anirem on aniran tots i farem el que tots faran. Ja arribarà el nostre moment.»

I quan vam arribar vora d'Orense, jo anava mig endormiscada, que m'havia adormit tant de blat i tanta terra plana. Ara havia canviat el paisatge, tot verd. Sergi em va dir: «Mira quines cols més altes.» I allí hi havia camps d'unes cols de troncs molt alts que no devien fer cóp. I com el sol s'amagava rere els xops de vora els riuets, aquelles cols allargassaven les seues ombres per terra i es perdien en l'infinit. I entre Petín i Pola de Trives vaig descobrir els primers embassaments d'aigua. No sabies si era l'aigua la que s'havia embassat entre el verd de les muntanyes o si era el verd clar el que s'havia empresonat entre l'aigua gelosa. I el sol s'esvarava sobre l'aigua encalmada. Així, embadalits pel paisatge, arribàrem a la ciutat d'Orense, que era on havíem de dormir. Orense em va semblar una ciutat de parets velles, humides i molsoses; tanmateix, em van agradar les seues finestres, farcides amb tantes ventalles.

De nit, després d'haver sopat, ens van deixar una hora de llibertat per a poder passejar per Orense. Quasibé tots ho vam aprofitar, malgrat que estàvem força cansats del viatge. Vam passejar per la part antiga, que era la que més sabor tenia a ciutat diferent a les nostres; la que guardava dins del seu barri aquelles cases diferents a les nostres, que devien ser tan fosques per dintre. Fosques com el color de la pissarra que cobria les seues teulades. Anàvem contents i xisclàvem quan parlàvem perquè ens volíem fer sentir. Els nostres crits ressonaven pels carrers estrets, les rues, i pels porxos d'una d'aquelles placetes tan belles. Vaig pensar per què hi abundaven tant els porxos, i Sergi em va donar una contestació ben senzilla: «¿No saps que plou tant, per ací?» L'aire es va tornar fresc i humit. Sense adonar-nos-en, vam fer cap a la vora del riu Minho; la sentor a aigua espessa pujava com una boirina suau, i vaig sentir fred i vaig dir a Sergi que volia anar a dormir. Em va agafar per la cintura, com si volgués donar-me calor, i se me'n va endur, els dos sols, que ningú va voler acompanyar-nos, car devien pensar que deleràvem trobar-nos sols.

Ara, tots dos en silenci, sense els crits dels companys, els carrers semblaven més solitaris, car no hi véiem ningú. Els bars havien tancat tots, i això ens va estranyar, ja que a la nostra terra solien tancar més tard. Passàvem per davant de la catedral i Sergi em va manar: «Acosta't un moment i veuràs el Pòrtic del Paradís.» «¿Com ho saps?», li vaig preguntar. «Me n'he assabentat abans de venir. ¡No veus que he regirat tantes coses a causa dels plans que he anat fent!» I allí hi havia, a banda a banda, aquelles estàtues, palplantades, que devien ser apòstols o profetes, que mai no ho saps.

Els mirava les cares i alguns tenien l'expressió buida, com cansats de romandre-hi anys i panys. Enmig, aquella columna, amb la Mare de Déu a dalt i aquella imatge asseguda a baix, que duia a les mans com un grapat de fulls de paper; i totes aquelles filigranes gòtiques pertot arreu del pòrtic, que a la foscor de la nit impressionaven l'ànima.

Sergi em va entrar a dins d'aquell porxo gòtic, fosc, i em va besar amb tant de desig com si la lluna plena que queia sobre la mitja plaça l'hagués enrabiat, que em mossegava les galtes i el coll i m'estrenyia contra ell, com aquell primer dia, allà en la muntanya; i era bell ser estimada sota un Pòrtic del Paradís, i jo no podia dir-li que no, car ho estava esperant des del matí, i aquest matí l'estava esperant tant de temps, ¡que era una glòria!

20

L'endemà, dimarts, dia 21, resseguíem la riba del Minho. Havíem sortit ben enjorn perquè ens esperava un dia llarg i molt passejat. La boira cobria les tranquil·les aigües del pare Minho en els indrets on feia clotada. Després, a poc a poc, de sobte, tornaven a aparéixer, corrioleres, transparents.

La vespra, la son m'havia arribat com un grapat de fulles tendres de xops de vora riu. Maria havia estat per a mi, sota el Pòrtic del Paradís, com un plat de bresca, i no me'n vaig poder assaciar del tot perquè el meu desig no tenia acabament. Uns bous, junyits per un jou de fusta, arrossegaven una carreta. Una dona, de negre, amb un mocador al cap que li penjava pel darrere, tirava del bou de la dreta. La seua cara semblava més envellida que no vella. Quan travessàvem Barbantes ens va arribar una sentor a fems d'estables barrejada amb el verd trencadís del paisatge. En veure aquestes cases de pedra fosca, envellides de *morrinha* i d'oblit, enyorava la blancor de les nostres cases que ara a l'estiu enlluernaven els ulls. Maria es recolzava damunt del meu muscle i guaitava amb ulls esbatanats com tota una família treballava un pessic de terra. Els bous llauraven amb un espècie de forcat, subjectat per una dona, mentre que l'home i uns xiquets que devien ser els fills desterrossaven la terra i n'arrancaven les males herbes. Les aigües del Minho s'endevinaven, pels seus reflexos i remor, a l'altra banda de la línia fèrria que passa per Ramazo. Més avall, en abandonar Ribadavia, el perdíem per sempre. Un bosc de roures sobre un pujol el guaitava lliscar llit avall. Jo escodrinyava cada racó del paisatge perquè calia escrutar cada indret a fi d'assabentar-me de les possibilitats que oferia als nostres plans de fugida. Em fixava, sobretot, en les casetes que poguessen estar abandonades i que abundaven, car per un temps indeterminat ens hauríem d'amagar en una d'elles.

El paisatge anava repetint-se amb una monotonia bellíssima. Hi havia els bancals d'horta on creixia la dacsa, les creïlles, el blat i les cols altes que tanta gràcia ens havien fet; tot distribuït sobre pessics de terra. Hi havia els vinyets orientats cap a la calor del sol, pujols coronats de clapes de bosc, ara el roure, obagues de bedolls, castanyers, nogueres de nous encara verdes, i en córrecs i vessants ombrívols creixien els teixos a flocs. De casetes, se n'hi veien moltes, solitàries. I també petitíssimes aldees on no devia viure ningú. Vaig pensar que no tindríem cap dificultat a poder ocultar-nos.

Esmorzàrem a Ponteáreas i per Porrinho ens vam allargar a Tui. Desitjàvem veure des d'aquest costat de pont les terres portugueses. A l'altra banda s'endevinaven unes cases: eren les cases de Valença, ens va informar un funcionari. L'altre costat del Minho, que havíem tornat a retrobar, era com aquest altre. Era el mateix verd. Devia ser la mateixa gent. Vam voltar per la ciutat de Tui, camí de Vigo, i ens vam passejar per davant de la catedral, que té aparença de fortalesa, amb torre i murs emmerletats; sembla que sempre devien estar en peu de guerra en aquestes terres que tothom cobejava. Per un moment vaig pensar en la possibilitat de creuar el Minho i endinsar-nos en Portugal, però vaig suposar que tindríem més problemes que no avantatges. Vorejant Vigo férem cap a la platja de Samil. Ja era migdia ben tocat i, com el dinar era de bossa, preparat per l'agència, vam remullar-nos tot seguit, ens escampàrem per la platja i vam dinar. Vaig fixar-me que prop d'allí hi havia un poblet. Com que teníem dues hores de lleure, m'hi vaig acostar. Semblava un poblet molt tranquil. Tenia per nom Canido. A penes vaig veure pel carrer tres persones i totes eren velles. Em miraven molt estranyades. S'hi sentia l'escataineig de les gallines i el mugit de les vaques. Tota la resta era silenci. Vaig tornar-me'n per un senderol que conduïa a la platja, i allí, arrecerat contra la falda d'un pujolet cobert de pins, hi havia un corralet abandonat, enteulat de pissarra negra. Vaig entrar-hi. Pudia una mica a palla vella. No semblava tenir cap gotera i les parets, de pedra fosca, es conservaven bé. Hi havia al seu costat esquerre una finestreta, amb barrots, per on entrava la llum i l'aire. Vaig agafar un pal de pi que hi havia allí dins i vaig escombrar tota la palla i la'n vaig traure fora. La porta, la vaig deixar un poc junta a fi que s'orejàs. Vaig mirar el corralet de lluny. Era bonic i podia passar ben dissimulat. L'oceà Atlàntic s'estenia als seus peus immens, inacabable, inabastable. «Ja tenim el lloc», vaig pensar. I aleshores comencí a posar el pla en marxa.

La ria de Vigo era bellíssima; llàstima que les aigües, tocant Vigo, siguen tan brutes. A l'altre costat hi havia un cap on es veia Cangas. En passar per Redondela vaig murmurar aquella cançó popular: «Vexo Cangas, vexo Vigo, tamén vexo Redondela...».

—¿Què cantes? —em preguntà Maria.

—Prepara't, que ja tinc el pla fet —vaig donar-li com a resposta—. Demà serà el nostre dia. —Maria va somriure'm.

—¿Com? —va preguntar-me.

—Aquesta nit dormirem a Pontevedra. Diré a Anna que no he trobat els diners que mon pare m'ha donat. Li diré que ningú no me'ls ha pogut furtar, que a última hora, amb les presses, mon pare es degué oblidar de lliurar-me'ls. Anirem, amb tots els papers amanits, de bon matí, a cobrar el taló. Després hem d'eixir cap a A Toxa. Quan hi arribarem, tu i jo farem per despistar-nos, intentarem agafar un taxi i ens en tornarem a l'hotel. Hi deixarem la carta en la qual els comunicarem que fugim lliurement, tot avisant-los que no ens busquen, perquè escriurem nosaltres a casa de tant en tant. De Pontevedra agafarem un altre taxi que ens porte a Ponte de Sampaio, i d'allí un autobús que ens duga a Vigo; des d'ací, sense cridar l'atenció, i per tant, per separat, arribarem a la platja de Samil. D'allí a Canido no hi ha més que un pas. Allí romandrem tot el temps que creurem oportú.

—Haurem de comprar el menjar —digué Maria.

—Sí, i dues flassades, i ambientador. Farem una llista i ho comprarem tot a Vigo, tu i jo per separat, que no convé que ens vegen massa junts. —Maria s'abraçà a mi, neguitosa.

—¿Ens eixirà en bé, Sergi? —preguntà.

En Ponte de Sampaio l'autobús tombà a l'esquerra, cap a Vilaboa. Anàvem a recórrer tot aquest cap d'Home, entre les ries de Vigo i de Pontevedra. Ara, des de Meira i Moanha, ès veia tot el gran port de Vigo, farcit de vaixells i drassanes. Fums pel seu cel. La ria de Pontevedra tenia les aigües més netes. La petita badia d'Aldan era d'una bellesa impressionant, l'aigua de la mar presa entre dos aiguavessants. Platgetes, roques negres i farcides d'algues, plenes de clòtxines, verds pels tossals. Des de Bueu, on ens vam deturar a berenar i a refrescar-nos, ens dirigírem cap a Marín, sempre bocabadats per un paisatge d'aigua i de verd, sempre semblant, sempre embadalidor. Des de Marín vérem l'illa de Tambo, solitària, a recer de les aigües de l'Atlàntic. Cap al tard arribàrem a Pontevedra; el sol es ponia rere l'illa d'Ons ofegat de malves i de taronges. A Pontevedra el mercat reglotava fortes sentors a peix pudent.

21

Les aigües del riu Lérez a penes es movien sota el pont de la Barca. Sergi havia cobrat el taló bancari sense cap problema. Les nostres bosses de viatge eren ja amanides en la cambra de l'hotel. La ria de Pontevedra, de matí, és un llac de llum aigualida vorejat de jade verd. A Combarro el *cruceiro* dormia a l'ombra humida de la placeta. Sergi i jo viatjàvem en silenci perquè ja ho teníem tot parlat. Jo anava agafada de la seua mà i observava com naixia la vida com cada matí. Les barques per la mar, els *labregos* per terra, la pudor dels estables, els ocells pels prats. Per Sanxenxo i Portonovo férem cap a A Toxa. Però els meus ulls ja no eren per a A Toxa ni per a la illeta que allí prop hi havia, enfront de la badia de Cambados. Sergi i jo miràvem si hi havia cap taxi que ens pogués tornar cap a Pontevedra, i no n'hi havíem vist encara cap. Després férem cap a la platja de la Lanzada, en la qual havíem de passar tot el matí. Ens hi posàrem a jugar i a fer bromes com tothom, tot esguitant-nos i mullant-nos d'aigua fresca. Quan ja començàrem a passar desapercebuts, perquè tothom es gitava sobre l'arena, vam pensar que era el nostre moment oportú. Per darrere d'un dels bars que hi havia, després de vestir-nos ràpidament, férem cap a la carretera, tot vorejant-la pel costat oposat al de la platja. Una vegada que ja no se'ns podia descobrir, passàrem a l'altra banda i mentre ens acostàvem a A Toxa anàvem fent autostop, no fos cas que encara no hi hagués cap taxi. El cotxe que feia tres va parar-nos.

—¿Va a Pontevedra? —va preguntar-li Sergi.

—¡Pugen! —digué aquell home moré i baixet, ple de celles.

Vam seure al darrere i en el meu rostre devia endevinar-se una ombra de desfici. La fuga era en marxa i a penes m'ho creia. Tenia la impressió que començava una vida nova embastada, cada moment de la qual hauríem d'anar improvisant.

Els nostres amics jeien en la platja damunt l'arena o prenien el bany. Encara no s'havien adonat de res.

—¿*Viaxan sós*? —ens va preguntar aquell home.

—¿Com diu? —demanà Sergi que no entenia això de *sós*.

—Que si viatgen tots sols —repetí.

Vaig mirar Sergi de reüll i li vaig fer un senyal.

—No, anem amb un grup d'amics en viatge de fi de curs, però avui és el nostre dia lliure.

L'home va callar. I el silenci es feia pesat perquè jo no volia pensar massa.

—És molt bonica, Galícia —vaig dir, tot adreçant-me més que res a l'home.

—*Mais é probe* —em replicà. I va tornar a callar un moment.— Ací la gent viu perquè té la mar al davant i quan se sent desesperada la travessa, a vida o mort, i es troba més enllà amb una terra nova. Però aquest país no alçarà el cap mentre no canvie la seua infrastructura econòmica. Hi ha tanta terra perduda en marges que divideixen les parcel·les com se'n conrea.

I no va callar fins que arribàrem a Pontevedra, tot parlant-nos dels problemes de Galícia. Quan es va aturar per baixar-nos, abans no en sortíssem, encara va afegir:

—*Terra de velhos, Galícia. Os xoves vanse. E vos, ¿de donde venides?*

—De Màlaga —vaig contestar-hi abans Sergi no clavàs la cullerada.

—*¿De Málaga? Mais non tenedes acento andaluz, vos.*

I ens acomiadàrem tot donant-li les gràcies.

Ara venia el moment més complicat: poder traure les bosses de viatge de l'hotel sense cridar l'atenció. Sergi em digué que m'esperàs fora de l'hotel i que m'estigués atenta a les seues indicacions. Se'n va entrar i eixí tot seguit.

—Hi ha una xica que no ens coneix. Vés, posa't a sota el balcó de la meua cambra i quan no hi passarà ningú et llançaré les bosses.

No vam haver d'esperar gens perquè Sergi deixàs caure les bosses. Al poc va aparéixer ell. Caminava tranquil. Només se'm va acostar, va dir:

—Ja està tot llest. Podem anar-nos-en tranquils, com si no hagués passat res.

—¿Què és el que està llest, Sergi? —vaig preguntar-li, que la intranquil·litat em rosegava l'ànima.

—He deixat la carta damunt de la tauleta de nit, adreçada a Josep. Després, quan he baixat, com he vist que la xica no sospitava res, li he preguntat quina era la millor combinació per anar a Santiago. M'ha contestat que podíem agafar el tren o l'autobús. Diu que l'estació d'autobusos és ací prop, uns carrers més avall, i que l'estació del tren és al final de l'avinguda del general Rubín, baixant a mà esquerra.

—¿Però no anàvem a aquell poblet del que tu m'havies parlat? —li vaig preguntar, que jo no n'havia sospitat res.

—Calla, meca —em replicà tot rient—, això és per a despistar, ¿és que no ho veus?

Però Sergi pensà d'agafar el tren, en comptes d'aqueixa combinació de taxi i autobús que havia pensat en un principi.

—És més impersonal —digué.

Va traure el mapa de la bossa i, resseguint la línia del ferrocarril, s'adonà que des de Vigo n'eixia un cap a Baiona que era de via estreta i que tot just passava per davant de Canido.

—Ja ho tenim clar —digué amb alegria.

—Agafarem el tren ara de seguida, a fi de fugir com més prompte millor. A Vigo, com haurem de fer transbord, farem les compres i després agafarem el trenet cap a Canido.

Així ho férem. El tren tardà a eixir de Pontevedra vint minuts. Se'm van fer llarguíssims, car pensava que d'un moment a l'altre vindrien a buscar-nos. A Vigo compràrem tot allò que vam creure més indispensable. Des d'un parell de flassades fins a insecticida. Vam comprar molt de menjar, sobretot en conserva i en sec. Vam acabar carregant, cadascú, amb tres bosses ben plenes.

El trenet de via estreta que agafàrem cap a Canido duia poca gent. La majoria eren mares i xiquets que baixaven a la platja de Samil. No sabies si el trenet estava a punt de descular-se o descarrilar.

De Canido al corralet que Sergi havia trobat distava un mig quilòmetre. Vam arribar-hi que suàvem pega. No ens havíem trobat ningú pel camí. Vam deixar les bosses a la banda de fora del corralet i descansàrem un moment. Encara hi havia plenamar i la teníem quasi a sota dels peus.

—M'abelliria capbussar-m'hi —vaig murmurar.

—Perquè no voldràs —contestà Sergi—. Tot el temps és nostre, ara.

I mentre ho deia, anava llevant-se la roba. L'aigua era fresca, que aquesta aigua de l'oceà sembla que tarda més a calfar-se. Ens vam eixugar al sol i tot seguit Sergi va dir:

—Haurem de preparar la casa.

—Dinem primer, que estic desmaiada.

Vam dinar en el pujolet que hi havia a dalt, curull de pins. De dalt estant es veien unes illetes, la més gran era l'illa Toralla. Més lluny, les Cies s'allargassaven com un cuc gegant; a la seua esquerra, acotxada per tot el sol del migdia, dormia l'illa de San Martín.

Sergi va arrancar dues branques de pi i vam agranar el corral, la nostra casa. No hi havia més que una teranyina. Per si de cas, Sergi va tapar el finestró que hi havia i va gastar un poc d'esprai insecticida, tot espargint-lo per l'aire i per les parets. Mentrestant deixàrem passar un temps a fi que fes el seu efecte. Com feia calor tornàrem a pujar al pujolet. Ara el temps no comptava, tindríem més temps del que desitjàvem. Era un lloc tranquil on la gent no devia acostumar a venir. La gent del poble sembla que no mirava la mar sinó com a lloc de pesca. Sergi dormia recolzant el cap damunt del meu ventre i jo li amoixava els cabells. Quan el sol començà a allargassar les ombres Sergi digué:

—Anem-hi, que ja no deu quedar-ne cap, d'insecte.

I vam baixar cap a casa. A dins pudia a insecticida. Deixàrem la porta i la finestra obertes durant una estona.

—Vine i ens passarem el llit —digué Sergi—. ¿Veus aquesta brossa tan suau? Fem-ne uns quants feixos. Ens servirà com a jaç, a manca de matalaf.

En vam fer molta i la vam escampar vora la paret del fons, ben planeta.

—Dus la manta que jo porte de casa —em demanà Sergi. La va acotxar sobre l'herba.— Ara dus l'ambientador. —I el vam espargir.

Una olor a clavells omplí la casa i ara semblava més bonica i acollidora. Sergi va eixir i al cap d'una estona va tornar amb branques de pi. Les clavà a la part entre els buits que deixaven les pedres i després anà penjant-hi la roba i altres coses.

—Taparem les parets amb pòsters, tan aviat com puguem comprar unes revistes —vaig dir-li.

S'estava fresc, allà dins.

—Vine, Maria, estrenem el llit.

M'agafà del braç i m'hi llançà. Ens hi rebolcàrem i réiem, car Sergi em feia cosquerelles i jo en tenia moltes; vinga a riure.

La brossa va acabar novament escampada per tota la casa i la manta feta un fardell vora un racó. Sergi i jo vam acabar nus i tot el nostre desig no l'apaivagava la frescor de la casa ni tota la remor de l'oceà.

Els nostres cabells van acabar despentinats, esbullats, plens de brossa, com tot el nostre cos.

—Anem a rentar-nos a la platja —xisclà Sergi, que encara bleixava un poc.

I sense posar-nos els banyadors, perquè hagués estat una ofensa a la natura, vam baixar a la voramar, que ara s'havia retirat uns metres i havia creat com una platgeta menuda al recer d'unes roques. Ens esguitàrem d'aigua i nadàrem i abraçàvem els nostres cossos xops d'aigua i ens besàrem els llavis que tenien sabor a sal.

I vaig dir a Sergi que em volia quedar a viure per sempre en aquest racó de mar.

22

La nit, vora mar, era humida. Vaig haver de tapar la finestra novament perquè el tast a humitat era massa fort. Damunt de la manta que jo havia dut de casa havíem posat una de les flassades que havíem comprat i ens acotxàvem amb l'altra. La remor de la mar ens acompanyava a cada moment i tan prop com era la mar semblava que ens volia trucar a la porta. Maria va deixar caure unes llàgrimes sobre el meu pit i li vaig preguntar per què plorava. Diu que pensava en sa mare i en els seus germans.

Jo també vaig pensar en els meus pares i m'envaïa una gran alegria de pensar que era lluny d'ells i no em manarien allò que havia de fer i allò que no havia de fer, i que no em prohibirien estimar Maria. I així li ho vaig dir a ella. Maria va replicar-me que no fos tan cruel, que ells ara ja ho devien saber i patirien per nosaltres.

—No està malament que alguns pares sàpien alguna vegada de cor què és patir pels fills, patir perquè fugen de casa, que massa sovint ens prenen com a ocells de capritx i fan de nosaltres allò que volen i ens amostren per a allò que desitgen que fem.

—Perquè tu ets ric, Sergi, i els teus pares t'educaven per a això. I hi ha coses que els rics poden fer i coses que no està gens bé que facen, al revés que els pobres.

—Jo no sé, Maria, si vull ser pobre o si vull ser ric. Ara solament sé que delere ser lliure i poder-te estimar. Jo, Maria, en aquestes nits passades de malsons en les quals el desfici no em deixava conciliar el son, pensava moltes vegades com els hòmens son esclaus dels mateixos homes. Ets esclau quan de menut depens dels pares i t'ensenyen a creure que els majors sempre tenen raó; de majors tens les pressions socials i un estat que et manen què has de fer, què no, a quina edat has de fer això i allò. I t'agafen per boig si no ho fas així o et fiquen en presó. De vegades semblem mones amostrades. Cadascuna representa un paper. ¿Tu t'imagines, Maria, que cadascú fóssem lliures de fer la vida que desitjàvem, sense haver de molestar ningú? Ara vaig ací, ara visc amb tu, sense que mai no hi hagués ningú que et digués què fas, on vas, vine ací, fes allò; que el món fos sense fronteres, de tots i per a tots.

—¿Com la mar?

—No, que ja la tenen dividida i repartida.

—¡Com el cel!

—Tampoc, que li han posat unes fronteres invisibles.

—¡Doncs, no manem de res, Sergi!

—Manem d'aquesta nit, si ningú no descobreix el nostre amagatall.

—¿I si ens descobrien?

—Ja no en manaríem, si ens descobrien. Se'ns endurien a la força, perquè diuen que som menors i els nostres pares continuen podent ordenar que ens busquen i duguen a casa si ens trobaven, perquè els menors no tenen cor per a estimar, ni ànima per a desitjar ser lliures.

—¿Tu creus que ens trobaran, Sergi?

—Aquesta nit no ens trobaran, ni potser demà ni l'altre, però acabaran trobant-nos, que ells tenen una xarxa de forats més estrets que les xàrcies dels mariners i aquesta xarxa impedeix que puguem ser lliures per massa temps, perquè, si no, tothom acabaria sent lliure i s'acabarien les xarxes. Però els ho posarem ben difícil, Maria. Ells imaginen que som en alguna de les grans ciutats de Galícia, perquè no seran capaços de pensar que tenim esperit per a viure sota qualsevol recer, sota qualsevol aixopluc, i que aguantarem tots els contratemps per als quals ells no han sabut educar-nos, si així podem viure lliures.

—¡Sergi!

—¿Què?

—¡T'estime! No m'importarà si vivim ací sempre o en algún altre lloc semblant. Jo et pense estimar sempre, car sempre, de petita, ja t'estimava en secret, i un dia vaig llançar pedres contra el teu xalet perquè somniava que eres el meu príncep i necessitava el teu ajut, i tu no vingueres a socórrer-me. Però eren pedres plenes d'amor, Sergi, ja que no et podia llançar el meu cor dolgut d'amor.

—¡Maria, Maria! Jo et veia córrer amb els teus germans pel barranc del baladre. Hi jugàveu com uns llobatons i us embrutàveu de tota l'aigua, de tota l'arena, de tota la llum del barranc. Jo romania tot polit dins de la meua gàbia de vidre i envejava la vostra pobresa perquè jo no entenia més que de la llibertat de jugar, i aquesta llibertat me la van escapçar de menut, i ja des d'aleshores vaig odiar els meus pares i per això ara no plore per ells, car mai no me'ls he estimat de veres.

—Els pares, Sergi, mentre tenen xiquets en casa, haurien de convertir-se en xiquets.

—Sí, Maria. I tu i jo no deixarem d'ésser uns xiquets grans que han aprés a estimar-se i que han descobert que és allò més important de la vida.

—¡Sergi!...

—M'encisen els teus llavis amerats de llàgrimes d'amor, ¡Maria!

23

L'endemà ens vam trobar sense pa.

—¿Què podem fer? —preguntà Sergi.

—Hauràs d'allargar-te a Canido. Et fiques la gorra i les ulleres de sol. Parla amb accent andalús, ja saps —li vaig insinuar tot rient.

El sol eixia des de les muntanyes. Jo sempre l'havia conegut eixir de la mar, com les gavines. La brisa era tèbia, però humida.

Sergi va anar a Canido per pa, i dugué un pa gros i tou, casolà, i llet i formatge. Un formatge en forma de con, car acabava en una punta que ho semblava.

—A Canido no hi ha cap forn, es veu que cadascú es pasta el seu pa —em contava Sergi—. M'han enviat a ca uns vells que diuen que són els més rics del poble. Viuen en una casota a l'eixida de Canido, camí d'Oia. L'home té cura de l'horta i uns camps de blat i de dacsa. La dona té cura de les vaques, d'una dotzena de cabres i de l'aviram. I damunt fa el pa. Quan li he dit que si em venia una fogassa de pa, s'ha posat a riure: «*Deve ter fame, iste rapacinho*», m'ha dit. M'ha fet entrar en la casota, dins la cuina. Hi havia una gran llar plena d'atuells de vidre, de terrissa negra i de coure, posats sobre escudellers o penjats de les parets. M'ha tret dues fogasses i m'ha preguntat: «*¿Queres leite, tamén?*» Li he dit que no portava res per a ficar-la. «*Nom importa, xove*», m'ha retrucat. I m'ha omplit aquest parell de botelles d'una lletera gran que hi havia en un racó de la cuina. Damunt d'una mena de tinell tenia aquests formatges; li he preguntat si eren per a vendre i m'ha contestat tot xisclant d'alegria que els seus formatges els envia a Vigo, que no en fa prou, com si se'ls menjassen de recel.

Diu que me'n venia un a fi que el tastàs, que, si m'agradava, un altre dia me'n podria vendre més. I quan li he dit que era una casa gran i que si tot s'ho feia ella, és quan m'ha contat que l'home encara vivia, que era uns anys més jove que ella i que entre tots dos s'ho apanyaven tot, i m'ha a ensenyat el corral, com si tota la vida m'hagués conegut.

Sergi hi baixava cada dos dies pel pa, car el pa era tan assaonat que aguantava bé els dos dies, com si la humitat de la mar hi ajudàs. I un dia Sergi, juntament amb la fogassa del pa, va portar una hortènsia. La duia en un test per tal que la'n trasplantàssem. I era una hortènsia gran i preciosa, com mai no n'havia vista cap.

—Els vells tenen un tros de corral ple d'hortènsies. Com sabia que t'agradarien he dit a la senyora Saturnina si me'n venia una, i m'ha dit que me la regalava, però que li torne el cossiol —va contar-me Sergi.

Les dues flors que tenia semblaven dues galtes vermelles de nina.

—¿On la plantarem, Sergi?

—Podem plantar-la ací, a un costat de l'entrada, i, si algun altre dia podem aconseguir-ne una altra, la plantarem a l'altre costat. ¿Què et sembla, Sergi?

Va contestar que jo era l'ama de la casa i que ell la trasplantaria on jo desitjava. I la vam plantar a la banda dreta de la porta, tot mirant-la com entres, que tenia sol, però no massa.

Mentrimentres passaven els dies i vivíem feliços. De matí, quan ens llevàvem de dormir, que era sempre a sol alçat, arreglàvem la casa i l'orejàvem. Sergi, quan li pertocava, anava a Canido per pa o per llet, que de llaunes de conserva i embotit sec encara ens en quedaven, i preferíem el formatge, que era més fresc. Mentrestant jo anava per aigua a una fonteta que havíem descobert a uns cinquanta metres de la casa, a recer de dos noguers, que era fresca com el gebre i clara com uns ulls de nen. Amb la mateixa aigua de la font rentava amb sabó la roba íntima que havíem embrutat, car de l'altra n'embrutàvem poca, perquè passàvem la major part del dia nus vora la platja. Quan Sergi en tornava, esmorzàvem. Era un esmorzar fort, car ens llevàvem sempre amb gana, que diuen que res no dóna tanta gana com fer l'amor cada nit. Però Sergi era insaciable i més tard, quan baixàvem a la vora mar i jéiem sobre la sorra, després dels primers dies que semblava una gamba vermella i vaig haver de canviar de pell, com les serps; després, deia, quan ja no em molestava el frec del cos de Sergi, de tant en tant es posava a jugar amb el meu cos i me l'acariciava, tot amerat d'aigua i de sol. Sempre acabàvem fent l'amor vora l'aigua, com un intent d'encabir els nostres cossos l'un dins de l'altre, que tots dos volíem ser-ne un. Jo tenia el foc per dins, i l'aigua que em remullava el cos per fora era un delit, com els esguits d'aigua de les ones juganeres que ens regalimaven per la cara i arribaven als nostres llavis i entrava dins la nostra boca el sabor a salitre, i el salitre abrandava la nostra passió; i quan jéiem sobre la sorra alenant tot l'aire de la mar, la plenamar ens feia recular, perquè anava cobrint-nos d'escuma. I dinàvem sempre a dalt del pujolet de pins, que allí la brisa olia a encens i a pinassa, i tota la mar i totes les illes eren als nostres peus. Cap al vespre, quan el sol deixava d'escalfar, passejàvem pels entorns, per tots aqueixos caps verds, humits d'aigua, farcits de terra negra, i uns dies anàvem cap a Coruizo i uns altres cap a Oia, i les dones tornaven cap a casa, suades, i les vaques les seguien tirant de la carreta, i açò em posava molt trista.

Un dels vespres, quan ja hi dúiem dotze dies, Sergi em digué:

—Anem passejant i veuràs Canido i la casota de la senyora Saturnina, que ara no deu haver-hi ningú pel carrer, car aquests *labregos* es giten i s'alcen a hora de gallines.

Ens hi vam acostar per la senderola que ell coneixia i per a on anava pel pa. Canido era com un grapat de cases de teula de tella negra les unes; de teula mora les altres, i les parets de pedra arrebossades i emblanquinades les unes, i amb la pedra tellosa a vistes les altres. Hi despuntava un campanaret, mig enrunat, que no tenia campanes, i vaig pensar que el capellà no podria cridar els creients a missa. Pertot arreu hi havia sentor a fems, bels de cabra, mugits de vaques. Les gallines ja feien jóc, car no se sentien. Pel seu entorn, en un paisatge quasi gens accidentat, creixia el blat, que ja estava daurat, la dacsa, de la qual em feien gràcia aquells plomalls, que semblaven soldats de Napoleó, cols altes i més llegums dels quals Sergi m'anava indicant el nom. Una gran casa, com un mas de teula mora, amb la façana principal de pedra picada, sense emblanquinar, era la de la senyora Saturnina. Una balconada de fusta llavorada recorria de banda a banda el pany de la casa, arrecerada per la teulada que sobresortia a manera de ràfec. La casota s'hi veia vella, com la fusta de la balconada, que no devia haver estat envernissada en moltíssims anys. La porta era ampla, de fusta, gruixuda, i tenia un forat a manera de gatera en la seua banda esquerra. Al llarg del pany de paret que formava com un rectangle molt irregular s'alçaven els corrals, que donaven a fora a través d'unes finestroies amb barrots, que poden tancar-se amb unes ventalles de fusta. Sergi em va dir:

—Vine i veuràs per un forat el corral i les hortènsies.

I espaiet, com si fóssem lladres, ens vam acostar a una de les parts laterals on Sergi coneixia un forat. I Sergi i jo contemplàrem els estables de les vaques, els closos de les cabres, els galliners, els *hórreos*, que els feien servir de graners, de pallises o de sitges, segons el temps, va dir-me Sergi, i estaven sobre sis o més columnes, segons com eren de llargs, i com que tenien una creu al davant i al darrere, en el lloc més alt, semblaven ermitetes. Però allò que va entretenir els meus ulls foren les hortènsies, que eren a tot el llarg d'una raconada, a pilots.

Hi havia més de quaranta cossiols i cadascun tenia la seua hortènsia i cada hortènsia tenia les seues flors, i jo m'hagués quedat una llarga estona contemplant-les, encisada, si una veu vella no ens hagués interromput. Jo em vaig esglaiar com si m'haguessen trobat robant la flaire de les hortènsies, però Sergi va saludar la vella: era la senyora Saturnina.

—Li havia parlat, a la meua germana, tant de les seues hortènsies que es moria si no venia a veure-les —li digué Sergi, tot agafant la vella de la mà.

—¿I per què no has entrat per la porta, Xosé? —va contestar ella tot mostrant una mica d'enfadament. Xosé era el nom que Sergi havia donat a la senyora Saturnina.

—Per si la molestàvem —s'excusà Sergi. Ella va riure, com si no s'ho cregués.

—Veniu, veniu, i us les ensenyaré de prop. No m'havies dit que tenies cap germana, Xosé. *E mui linda, muito.*

Era dona de cabells blancs, que havia pogut entreveure-li'ls sota el mocador. Duia bigot i uns pèls llargs i blancs vora d'una berruga negra. Tenia els ulls petits. Ens va fer entrar en casa i aquesta era talment com Sergi me l'havia descrita. Allí dins hi havia el seu home, prim. Sí que era prou més jove que la senyora Saturnina. Fumava una cigarreta. Mira, Xan, aquesta és la germana de Xosé, i no ens ho havia dit, va dir-li la vella. Xan era el nom de l'home. Es va alçar de la cadira i vaig pensar que anava a encaixar-me la mà, o a besar-me, però només va dir:

—*Muito gusto, rapacinha.*

Ens va entrar al corral i vam parlar molt de les hortènsies, i ens digué que tot el que tenien dins dels cossiols era el millor fem dels seus corrals, que per això feien tan bona cara. I mentre el sol es ponia per la mar, vam parlar de tots els treballs i feines que ells sols havien de realitzar, tan vella ella, però que geni i força no li'n mancava; treballaria fins a la mort; ja hi duia tota la vida i ara era tard per a deixar de treballar.

—Temos muito trabalho, Xan i eu, mais non se encontran xoves no povo, que todinhos fuxen dos povos pequenos —va dir—. *E si vos queredes, aquí hai trabalho.* —I li vam somriure i li diguérem que ja ho pensaríem.

Quan caminàvem cap a casa nostra, no vaig poder amagar a Sergi el patiment que sentia, car ens podrien delatar. I Sergi em va contestar que a Canido encara no havia oït cap ràdio, que la gent només viu per al seu treball i no perd el temps escoltant notícies.

Des de la mar sortien pampallugues, car tots els fars havien encés els seus llums, ara vermell, ara verd, ara blanc. I tot l'horitzó era una escampadissa de taronges madures.

24

Com si m'hagués oblidat dels pares, com si mai no n'hagués tingut, lliure com l'oceà, com les gavines que havien acudit ara en aquesta platja més solitària, allunyades de les platges veïnes on acudia la gent que no deixava lloc per a elles. Només Maria pensava de tant en tant en sa mare i en els seus germans, sobretot els més petits, i se li feia un nus en la gola i deia que els hauríem d'escriure a fi que, almenys, sabessen que érem vius. «Estarem perduts, Maria, si els escrivim, car sabran des d'on els hem escrit i haurem de fugir-ne, tan bé com estem ací. Si ens esdevingués cap mal, de seguida se n'assabentarien. Quan ens cansem d'estar ací, aleshores els escriurem i farem cap en un altre lloc. Així no ens descobriran.» Però els meus pares que s'apanyassen, tant se m'hi donava que patissen com que no, encara que ara, alliberat dels seus manaments, no sentia tan fort aquell delit que aquesta venjança meua m'havia proporcionat en un principi. Ara sentia només una enyorança d'allò bo de què havia gaudit, i ho recordàvem Maria i jo i ens servia de distracció i de comentari en els llargs col·loquis que manteníem a l'ombra dels pins, i un tel d'oblit anava caient sobre les coses desagradables, com si les volguéssem apartar del nostre record, a fi que la nostra vida, ara tan feliç, fos només plena d'aquella felicitat que havia de ser norma i propòsit de tota l'existència dels homes.

Un matí, mentre esmorzàvem dalt del pujolet de pins, em vaig adonar que havien començat a segar els camps de blat. Vaig pensar en la falta de joves que hi havia per a fer aquestes feines i em dolia que el senyor Xan hagués de carregar amb tant de treball. L'endemà, que em pertocava anar pel pa, no hi havia ningú en la casota. Tot era trucar i trucar i només se sentia el mugit de les vaques, el bel de les cabres i l'escataineig de les gallines. Vaig esperar-me una estona per si la senyora Saturnina havia eixit per algun encàrrec. Una dona que passava per allí em preguntà si esperava algú.

—Espere la senyora Saturnina —vaig dir-li.

—*A encontrará segando o trigo co seu marido, alá abaixo* —va contestar-me, tot indicant-me amb la mà la direcció cap a on havia de dirigir-me si els volia trobar.

—*¿É lonxe?* —vaig demanar-li.

—*Non, non, é cerquinha* —replicà la dona.

I vaig dirigir-me cap allí. A uns cent metres vaig veure el matrimoni, eixancats sobre la terra, que segaven el blat. El senyor Xan usava una dalla, i la senyora Saturnina una falç. Em va fer pena veure-la posada en aquestes feines i així li ho vaig dir:

—*¿Qué faze? ¿Non hai homes no povo que seguen o trigo?*

—*Non hai homes ni xoves, Xosé. Solamente hai velhos. ¡Istos trabalhos non os quere fazer nadie, xa!*

Li vaig dir que em donàs la corbella i que jo segaria el blat, però s'hi va negar.

—Bé, senyora Saturnina —vaig dir-li—, aniré per Maria i els ajudarem a segar el blat com a jornalers, si és que vosté no ens vol regalar res.

—*Eso paréceme ben.*

I manà que agafàssem tot el que tinguéssem i que ho duguéssem a sa casa, que podríem viure amb ells. Li vaig dir que ara necessitava el pa, car no havíem esmorzat i teníem gana. Em va dir que darrere del forat de la gatera hi havia la clau, que obrís la porta, que agafàs el pa que necessitàs i que tornàs a tancar la porta i a deixar la clau al seu lloc.

Ho vaig dir a Maria. Maria, com havia arribat a estimar-se el matrimoni, va dir que sí, que calia que els ajudàssem, però potser tindríem problemes per a viure tan tranquils com ara.

—Ja ens ho arreglarem, que aquests vells no tenen cara d'amargar la vida a ningú. Quan voldrem podrem tornar a venir ací, que aquest lloc ja és un poc nostre.

Açò li ho vaig anar explicant mentre esmorzàvem. Després vam replegar les nostres coses i marxàrem cap a Canido. Quan vam arribar a la casota, els vells ja hi eren. La senyora Saturnina preparava el dinar.

—Pensàvem que ja no veníeu, però jo he fet compte vostre, que ara ja sou de la casa —va dir-nos.

La vaig veure contenta i pagada. Mentre anava guisant xarrava molt. I ens contava com la gent havia d'emigrar cap als altres llocs de treball, sobretot a Vigo, i com els més arriscats se n'anaven a Europa i a les Amèriques, que ara a l'estiu vindrien alguns, com cada estiu, i omplirien el bar del poble i prepararien la festa de la *sardinhada* i el poble perdria tota la seua tristor humida i boirosa que el caracterizava la resta de l'any. I quan el *caldo galego* el va tenir a punt, va dir a Maria i a mi:

—Veniu i us ensenyaré la vostra habitació.

I la vam seguir amb els nostres fardells, tot pensant que ens proporcionaria una habitació per a cadascú. Però no va ser així. Ens en va ensenyar només una.

—Ací teniu la vostra habitació —va dir amb tota naturalitat. Com va veure la cara que Maria posava, va afegir: —Si sou germans no vos importarà, i si no ho sou, massa temps viviu a soles pel món perquè ara m'hàgeu d'enganyar, que ja sóc massa vella, jo. Les coses que no s'aprofiten de joves, ja no serveixen quan s'és vell. ¡Hala!, veniu, que el caldo ja deu estar a punt de servir-se.

No vam dir-li cap paraula. Maria i jo ens vam somriure, mútuament, tot pensant que la vella tenia raó i que no tindríem cap problema. La senyora Saturnina escudellava el *caldo galego*. Feia una flaire que invitava a menjarte'l. L'havia carregat bé de cansalada i de carn de vedella i de pollastre.

—¿Són aquestes les cols que a mi tanta gràcia em fan? —va preguntar-me Maria, en descobrir tot el llegum que hi havia cuit.

—Sí, ¿veritat, senyora Saturnina?

—Sí. ¿Que no n'havíeu vistes mai? —replicà ella amb sorpresa. Quan li explicàrem que no, va posar-se a riure.— ¿Sents, Xan?, ¿d'on deuen ser aquests joves?

Però el senyor Xan no estava més que per a dinar, i quan xuplava el brou, feia un soroll que molestava.

—Si teniu més gana, us fregiré unes sardines —va dir la senyora Saturnina, ja que ens veia menjar el *caldo galego* amb fam, i tot era perquè després de tants dies de menjar formatge i conserves, aquest canvi ens semblava aquelles coquetes amb mel que els nostres pares somniaren quan anirien al cel. Ens vam excusar i li contestàrem que no, car tampoc no feia massa temps que havíem esmorzat. La suor ens regalimava pel front avall. Després va traure'ns uns préssecs i formatge. Vam menjar els préssecs d'aigua. Després de descansar una hora, la senyora Saturnina digué que la meua germana no hauria d'anar a segar blat, que se la veia massa tendra i era una llàstima, perquè ella havia sentit a dir que fora de Galícia les dones no treballen al camp. Ella podria quedar-se a donar de menjar als animals, que ella li ho deixaria tot amanit, i quan no pegàs el sol a les hortènsies, les podria regar i mirar-se-les tot el temps que volgués. El senyor Xan va preparar-me una falç, car només tenia la seua dalla, i vam marxar tots cap als camps de blat, on s'havien deixat el tall. Hi havia garberes per ací i per allà.

—Posa't aquest barret al cap, que el sol et cremarà el cervell —va dir-me el senyor Xan. Era el barret que de matí duia posat la senyora Saturnina.

—¿I ella?

—Ella ja porta el mocador, no li fa falta tant com a tu.

A pesar de tenir la pell colrada pel sol de vora mar, ara sentia novament la fortor del sol lluny de la brisa de la mar, lluny de la humitat de l'aigua de la mar que n'apaivagava els rajos. La camisa m'ofegava, però vaig haver de posar-me-la. Al cap d'una estona la tenia xopa, amerada d'una suor apegalosa. La senyora Saturnina i el senyor Xan semblava que no suaven tant, com si tinguessen la pell més eixuta. Però l'olor a blat madur m'agradava, mai no l'havia sentida. Era lleugera com les fulles de les roselles que hi havia pel mig. La senyora Saturnina, enfardada de roba, no feia més que alabar el meu treball, i deia que per a no haver conegut mai el blat el segava molt bé. El camp anava buidant-se del blat i omplint-se de rostoll. Les garbes, les amuntegàvem en garberes menudes, a fi que, quan cap al tard el senyor Xan portàs la carreta, no perdéssem tant de temps anant cap ací i cap allà tot carregant-la. Quan el sol va deixar d'escalfar, va arribar Maria. Va dir que ja havia donat de menjar als animals i que havia regat les hortènsies. Duia ja sobre el seu cos olor a gallinassa, i així li ho vaig dir. Va riure. Diu que li havien fugit del corral dues gallines i que no sabia com fer-les entrar al galliner perquè els tenia por. En veure que no podia, hagué d'envalentir-se i agafà un sac que hi havia penjat al pati i que llançant-se damunt de cada gallina, tot cobrint-la amb el sac, va aconseguir de retornar-les al galliner. Ara vaig riure jo. La pell de les meus mans s'havia anat escaldant a poc a poc i els ronyons els devia tenir mig despenjats. Maria ens va voler ajudar i li vam ensenyar com havia d'engarberar els gavells de blat.

Quan acabàrem la feina del dia, després d'haver descarregat les garbes en l'era, només delerava l'aigua fresca. A casa dels vells no hi havia aigua corrent i pensar en una dutxa era somniar truites. Però la desitjava amb força, que duia el cos empolsegat de l'or del blat. Vaig preguntar a la senyora Saturnina si tenia una arruixadora i em digué que agafàs l'arruixadora de regar les hortènsies. Vaig dir a Maria que pujàs a una cadira, fora al pati, i que m'anara arruixant de cap a peus.

—Ara després em dutxaré jo —va dir Maria. Es va posar en bikini i jo l'anava dutxant; la frescor de l'aigua la feia xisclar i va venir el senyor Xan i va quedar-se embadalit de contemplar el cos de Maria. El resseguia amunt i avall, parat com un cresol. I tan encisat estava de veure-la que va acabar rient quan ella reia i bellugant el cos quan ella el bellugava. Quan va acabar-se l'aigua de l'arruixadora va fer una passa endavant i va dir:

—¡*Queredes mais auga*!... —Maria va contestar-li que sí, perquè volia alegrar els ulls del senyor Xan, va dir-me, que massa treballs tenia l'home i ben poques alegries. I vaig anar tirant-li l'aigua per tot el cos, a poc a poc, i ella feia ara més monades que abans per afalagar-lo.

De nit, després d'haver sopat, la senyora Saturnina ens va aconsellar que isquérem al pati a prendre la fresca, abans de gitar-nos, car no era bo anar-se'n a dormir amb la panxa plena. Ells ens van fer companyia i ens preguntaren d'on veníem realment. Després d'un breu titubeig els vam dir que veníem de lluny, d'un poble de la costa mediterrània, i que viatjàvem perquè volíem veure món. La senyora Saturnina es feia creus de veure com una xica tan jove com Maria podia anar pel món sense gens de por. Ella, deia, no eixiria del brancal de casa. Després ens va contar que ella havia estat casada primerament amb un altre home, del qual va tenir dos fills. El primer va ser nena, i va morir als dos anys, víctima d'una pallola. El segon fill va ser un nen, i es va criar sanet. No li agradava el camp i va preferir ser pescador. La mar el captivava i no s'hi sabia resistir.

—Jo sempre li deia que la mar porta molt males bromes. I ell em responia que no hi havia res tan bell com una eixida de sol vista des de Portonovo, quan el sol comença a entrar en la ria de Pontevedra des de la desembocadura del riu Lérez i la ria deixa per uns moments de ser una ria d'aigua blava i esdevé una ria de llums titil·lants que va arrossegant cap a la mar totes les barques pesqueres de Pontevedra i de

Combarro, de Marín i de Bueu, de Sanxenxo i de Portonovo. I elles es deixen endur mar enllà, bressades per aquestes aigües de les mil cares, que avui matinegen encalmades i de vesprada s'alcen en una galerna, i l'aigua juga amb les barques com si fossen conquilles de la mar i acaba per tombar-les, per girar-les i capgirar-les i no s'adona dels fills que hi van i de les mares que els esperem a vora mar. I és que la mar, com sempre han contat els nostres pares, de tant d'anar arrancant-li trossos de vida, de tant en tant ella pren la vida dels homes. I el meu Xosé, que així com tu s'anomenava el meu fill, de tantes xàrcies com havia anat estenent sobre la mar, un dia s'enxarcià amb una galerna i la galerna va poder més que la seua resistència a viure. El seu cos l'anà arrossegant la mar i un dia el van trobar tot botinflat en la Punta d'Estai. El meu primer marit va morir al poc de temps de tristor, perquè s'estimava el Xosé més que la seua pròpia vida.

Les llàgrimes acabaren per rajar-li dels ulls petits a la senyora Saturnina i recorregueren tota la seua cara arrugada, omplint cada reguerall, fins que gotejaven pels costats de la barbeta. El senyor Xan, impassible, assentia amb el cap tot el que la vella anava contant-nos.

—I després —continuà la senyora Saturnina— vaig haver de sobreposar-me perquè la vida m'havia ensenyat una lliçó molt dura: si tot allò que més estimes i que consideres important pot esvair-se de la nit al matí, ¿per què patir per les coses monòtones de la vida? Em vaig limitar a treballar, perquè havia de viure, però no he posat mai cap il·lusió en res. Un dia, Xan, que m'ajudava com a jornaler, em proposà que em casàs amb ell, perquè podria ocupar-se millor de les meues propietats. Li vaig dir que jo no tenia cap inconvenient, però que no el podria satisfer en el llit ja que em trobava ja vella i desganada i que el meu cos havia patit tant que seria incapaç de trobar-hi cap delit. Xan amb tota tranquil·litat em digué que no passàs pena per això, que cada setmana la Carmencinha podria venir a donar-li la satisfacció que jo no li podia donar, com feia ell de fadrí cada vegada que en tenia ganes. ¿I què penseu que vaig dir-li? Que vingués la Carmencinha, ¡*qué caralho*!, que un home, si no es desbrava de tant en tant, pot arribar a ser perillós. Iací teniu el Xan, que després de tants d'anys encara no ha renunciat a la Carmencinha. Encara és tot un home, i només cal veure com mira les poques mosses que encara queden al poble. ¡*E qué carallo*!, *si él gusta, eu tamén gusto, que home que treballa tamén o deve pasar ben*.

Començava a refrescar i em trobava abaltit de la feina de la vesprada. Vaig dir que tenia son i Maria va dir que ella també feia estona que s'aguantava per sentir les contalles de la senyora Saturnina.

Ens vam gitar i fou la primera nit que Maria i jo no férem l'amor, car els ulls se'ns tancaven de son.

25

Els bous batien el blat lentament en l'era. Sergi i jo ens asséiem damunt el trill, perquè així el blat es desgranava més de pressa, deia el senyor Xan, i els bous rodaven i rodaven, orbs, com en una sénia, guiats pel vell. Semblava que la batuda no s'acabava mai. Rere de cada mòlta de blat, se'n batia una altra. Descansàvem només a l'hora de dinar. Els bous també. La senyora Saturnina ens portava el dinar a l'era ja que era un treball que no podies abandonar quan desitjaves. Ara el blat manava. I veies com el forment es dolia d'eixir de la seua caseta de pelleró. Quan els bous acabaven de batre la mòlta, que solia ser després de dinar, replegàvem la palla i, damunt de l'era, restava el forment i el pallús. Amb unes pales es llançaven enlaire i la brisa s'encarregava de separar-los, un munt ací de forment, un munt allà de pallús. Després, el forment s'ensacava i a poqueta nit els bous tornaven a casa amb la carreta carregada i els sacs de blat els desàvem en uns graners alts, on no hi havia tanta humitat. I, en acabant, ens dutxàvem en el pati i cada vegada el senyor Xan em mirava encisat. I no hi havia per a menys, perquè el dia que vam veure entrar la Carmencinha, que venia per gitar-se una estona amb ell, no sé com no vam caure morts. Era una dona d'uns cinquanta anys i escaig, grossa, amb un pitram com unes mamelles de vaca. Duia un portamonedes a la mà, per guardar els diners que el senyor Xan li hauria de donar. Anava vestida amb una camisa groga i una falda roja, i al cap, tot ensenyant una mica els cabells rossos de tiny, portava lligat un mocador verd.

—*Xa sou aquí, Saturnina* —va xisclar en entrar.

El senyor Xan s'estava rentant els peus al pati, puix que era dissabte i ja havia acabat fins dilluns. Es va eixugar de pressa, com si l'acaçassen, i se'n va eixir. La Carmencinha ens va veure i va preguntar que qui érem. No vam entendre massa bé allò que el senyor Xan li contestà, però ella es va girar cap a nosaltres i ens va mirar molt fixament. Tot seguit es va dirigir cap al vell, el va agafar d'un braç i tot acostant-se'l li tocà amb l'altra mà el lloc on els homes tenen el sexe, i tota riallera li digué: «Anem a veure, Xan, si encara continua xutant a gol tan bé com sempre.» I se'l va pujar cap a les habitacions del dalt. La senyora Saturnina va comentar-nos:

—*¡Boa muller, a Carmencinha, sempre tan chea de carnes*!

Des del pati sentíem com la Carmencinha reia i deia frases eròtiques i animadores al senyor Xan. Abans del quart d'hora ja baixaven tots dos. Sergi em féu un senyal, tot volent-me donar a entendre amb quina rapidesa havien acabat. La Carmencinha es va acomiadar de la senyora Saturnina amb quatre paraules, ens va mirar de cap a peus i se'n va anar. El senyor Xan no va tornar al pati. Feia com que es distreia per la cuina. Li vaig dir a Sergi si volia que passejàssem un poc.

—Podem visitar la nostra antiga casa, Maria —va indicar-me Sergi.

Mentre el sol volia començar a pondre's, vam acostar-nos a la que havia estat la nostra casa. Estava talment com l'havíem deixada. L'hortènsia s'hi veia bledana.

—La podríem regar —vaig dir. Però no teníem res a mà per tal de poder dur aigua de la fonteta que hi havia entre els dos noguers. «Podem tornar demà i regar-la», vam quedar. El sol reflectia sobre la ria de Vigo les tonalitats dels blaus i dels lilàs. Eren els núvols els que anaven carregats de lilàs, de blaus cobalt, i s'emmirallaven sobre les aigües encalmades de la ria.

Aquestes aigües tan planes contrastaven amb el neguit que jo portava dins meu d'uns dies ençà. Era un secret meu i el volia ocultar a Sergi, però vaig pensar que el mateix dret tenia ell a saber-ho com jo.

—Sergi, ¿saps que has de ser pare?

Sergi no va fer cap esverament. Em va estrényer amb els seus braços per la cintura i em féu un bes molt llarg.

—Ja esperava que m'ho diguesses, Maria; ¿què pensaves que podia eixir-ne, de tot el nostre amor?

Ho va dir amb tanta naturalitat que jo mateixa ho vaig trobar normal. I en realitat ho era, car jo no havia fet res per evitar-ho, perquè m'havia fet a la idea que Sergi i jo mai no ens separaríem, ja que el temps no comptava, i dos que s'estimen i viuen junts és normal que tinguen fills.

—Sergi —li vaig dir—, ¿et fa molta il·lusió?

—¿A qui no li fa il·lusió ser pare, Maria? Ja ho crec; massa prompte m'ho has dit.

—¿Per què?

—¿Perquè haurem d'esperar alguns mesos, no?

—Uns vuit mesos i mig.

—¿Tant de temps?

Ho digué amb uns ulls esbatanats, com si els vuit mesos i mig que jo calculava no haguessen d'arribar mai. Es va posar a mirar l'horitzó.

—Demà tindrem vent, Maria.

—¿Com ho saps, Sergi?

—Guaita, hi ha núvols vermells, i diuen que quan el sol es pon i els núvols són vermells, és senyal que l'endemà farà vent.

—¡Sergi!

—¿Què?

—¡T'estime! —Vaig dir-li amb el cor als ulls. M'omplia un sentiment nou que no havia experimentat mai. El vaig descobrir en els núvols vermells. Era un sentiment de por, de por de quedar-me sola, sola jo, i el nadó que hauríem de tenir. Sergi va contestar-me amb un bes. Però jo volia estar-ne més segura.

—Sergi —vaig insistir-li—. No ens abandonaràs, ¿veritat? I el vaig mirar als ulls fixament, com mai no l'havia mirat, perquè volia descobrir-hi el secret de la meua resposta.

—¡Maria! —va dir-me solament. I el meu nom en els seus llavis fou tota la seua resposta. I jo vaig posar-me a plorar com una boja, perquè en el secret dels seus ulls havia descobert que ens abandonaria, però no sabia com, que això ho vaig descobrir més tard, quan el van matar.

26

Després que havíem sopat va arribar a passar la vetlada amb els vells el senyor Brunho, antic amic del senyor Xan. Ja coneixia per altres, digué, la nostra existència. Maria i jo els vam voler deixar sols i eixir a alenar l'aire humit de l'oceà i l'olor apegalosa dels rostolls de blat. Però el senyor Brunho, que era pescador i devia aquest malnom a la seua afecció a menjar *brunhos*, una mena de crancs, ens contà si havíem vist *a rapa das bestas* que feia poc ha s'havia celebrat en un poble dels entorns. Vam preguntar-li què era això, i després de queixar-se, ¡*caralho*!, «¿No vos ho ensenya, això, Xan?», ens assabentà que per aquestes muntanyes que hi havia per Oia i la Groba abundaven els cavalls salvatges; i que una vegada a l'any els joves els empaitaven i els feien baixar al poble, i els tancaven en una mena de corral, i els tallaven les crins. Era una festa que, segons ell, coneixia tot el món. Les egües corren amb la cua fent-la voleiar llarga, estesa; i les crineres se'ls belluguen, apegades al seu coll corb i soberg; i els poltrets van al seu darrere, esmaperduts i esglaiats; el seu córrer sembla una contínua cabriola i pareixen cavallets de fira.

—Us duré un dia a les muntanyes i els veureu com pasturen tranquils. Després els escarotarem i els veureu córrer pels prats de les valls interiors —digué el senyor Brunho.

I ja no vam eixir a passejar. El senyor Brunho duia tota la ria de Vigo dins dels ulls, entre les seues mans, i la seua llengua no parava de parlar. Ens va parlar del romiatge de San Amaro, on les dones duien ex-vots que figuraven caps humans, cames, braços, peus o cors. Aquest romiatge, però, no era tan impressionant com la processó de Santa Maria de Ribarteme, on, dins els taüts, anaven vius i com emmortallats tots aquells als quals Santa Maria havia deslliurat de la mort. Va dir que si pensàvem quedar-nos a Canido per sempre ell ens acompanyaria a cada festa. Maria se l'escoltava embadalida, car semblava que aquell home era un poc tros de terra gallega que anava desterrossant-se a poc a poc, a cada paraula. I ens va confessar, finalment, que l'endemà anava a les illes Cies, que tindria gran goig que l'hi acompanyàssem perquè era un tros de paradís. I li vam dir que sí, que de bon gust.

Canido tenia un petit moll, petit com el poble. Una punta de terra que s'allargassava mar endins, semblava que s'estirava encara més per donar la mà a l'illa de Toralla. Sobre la costa, tot coronant els petits turons d'algunes dunes, anaven perdent-se els pins. La mar anava obrint-se com una magrana. El vent feia encrespar-se les ones i la barcassa es bellugava a babord i a estribord sacsada per l'aigua.

—Les Cies canvien de lloc, com les gavines —va dir-nos el senyor Brunho mentre contemplava les illes—. Un dia les tens a l'abast de la mà, i un altre dia sembla que es perden en la llunyania, com si mai hi haguesses d'arribar. Però elles aquí estan, sempre, properes o llunyanes, guaitant la ria, guardant-la de les nordades.

Hi havia com una capa de neu als peus de l'illa de San Martín. El senyor Brunho s'adonà que esbatanàvem els ulls.

—No és neu, és l'arena. Una arena que se us escaparà entre els dits de les mans.

Vam guaitar cap arrere. El Galinheiro s'havia empetitit; les Cies s'havien engrandit. Era una dansa de crestes coronades de roques i de pins. Vam passar per davant del cap de Bico i costejàrem la platja de San Martín.

—Passarem el dia a l'illa gran; allí podreu menjar bé i banyar-vos en la fina sorra.

Davant de l'illa gran hi havia una petita illa que s'anomena Vinhos. Vam seguir avant. Una costa blanca o ennegrida per les roques que s'endinsaven en la mar deturava els seus peus.

—Aquell és el cap d'Home —va dir el senyor Brunho, assenyalant amb el braç cap a la dreta—. Ara tombarem a l'esquerra, i veureu el far de Peito i a l'altra banda contemplareu la penya de Cavalho. Ens deturarem en la badia de Lago.

Les gavines semblaven ocellots sense pes, batien les ales suaument i es capbussaven en l'aigua, o nadaven sobre ella com si la mar fos de cotó-en-pèl.

En la badia de Lago hi havia com una escullera artificial. El senyor Brunho hi deturà la barcassa i la lligà en un piló de ferro. L'aigua de la badia estava arrecerada del ventijol pel munt de roques. Només una brisa suau apaivagava la xardor del sol que començava a escalfar, ple d'un cel blau i esfereïdor.

—Teniu tot el dia per a conéixer l'illa. A l'hora que voldreu salparem —digué ell.

—Com vosté desitge, senyor Brunho —li respongué Maria.

—Quan el sol estiga a punt de pondre's. Si calma el ventijol i a la vesprada hi ha núvols per ponent, mai no haureu vist posta de sol més bonica. —I ens va acompanyar a un bar on feien entrepans.

Maria i jo vam preferir fugir dels llocs on hi havia gent. Vam anar recorrent la costa fins que isquérem de la badia de Lago. Deleràvem saber que tota la mar era nostra, que a l'illa només hi havia roques i pins i unes gavines. Vam trobar una platgeta ben arrecerada. No feia més de cinc metres de llarga per quatre d'ampla. Vam haver d'arribar-hi saltant unes roques punxegudes i nadant uns metres. A la dreta de la platgeta, si miràvem la mar, hi havia una clapa d'ombra, produïda per un sortint de roca que servia d'aixopluc. La beguda, la vam ficar dins de l'aigua de la mar i el menjar el posàrem a l'ombra de la roca. Tota la xardor del sol, se la menjava la humitat de la mar. Jéiem nus sobre la blanquíssima arena i Maria provava d'agafar-la entre les mans, talment com havia dit el senyor Brunho, i se li perdia per les petites esquerdes entre els dits prims, i, l'arena, l'amuntegava primerament i després va començar a llançar-se-la damunt del cos.

—Si te n'entres en la mar pensaràs que estic coberta de neu —va dir-me.

I li vaig fer cas. La platgeta s'endinsava en la mar suaument, sense brusquedats, i com més endins me n'entrava, més blanca es veia la sorra de damunt del cos de Maria: brillava amb una blancor com de calç novella. Només els ulls li brillaven més que l'arena, que em guaitava com si volguessen retenir cada moment meu, i eren moments com si fossen plens de pena. Vaig córrer cap a ella i l'anava esguitant d'escuma de les ones fins que la vaig fer alçar i xisclava mostrant un empipament fingit; i la vaig arruixar de dalt a baix fins que caigué fosa tota la neu que havia posat damunt el seu cos. I mentre intentava eixugar-se els ulls de l'aigua salada de la mar, la vaig abraçar per la cintura; el seu cos era tebi i semblava que s'esmunyia entre les mans. I quan acabà d'eixugar-se'ls, va restar mirant-me fixament, els ulls vermells d'aigua de mar, i se m'abraçà al coll feta un plor, i les llàgrimes li rentaven els ulls de la sal de la mar i em besava com si m'hagués de menjar, com si em volgués encabir dins d'ella, i em va dir que temia perdre'm.

La marea feia arribar l'aigua als nostres peus i sentíem com s'escorria la fina arena entre els seus dits, i ens mossegàvem els llavis, les galtes, el coll i les orelles com si estiguéssem bojos, que la mar no semblava adonar-se'n, sempre seguint el seu ritme monòton, ara hi vaig, ara en torne, llançant l'aigua damunt de la platgeta i retirant-la'n. Fins que tots dos érem un poc de mar, banyats d'aigua de mar, acariciant els nostres cossos, sense pressa, perquè tot el dia era nostre, i l'aigua de la mar va tremolar amb nosaltres de plaer, al final. I després va refrescar la nostra ardor i al poc de temps vam dinar plens de gana, en silenci, car només miràvem la mar reflectida en els nostres ulls.

Maria es va adormir de vesprada a l'ombra de la roca. Jo me la mirava de dalt a baix com dormia tranquil·lament, com respirava rítmicament. Devia somniar, car diuen que quan algú belluga els ulls quan dorm és perquè mira en somnis alguna cosa. M'entraven desitjos de passar-li la mà per les cuixes i de besar-li els mugrons, tan blanets i rosa, però temia despertar-la. El mar s'havia encongit una mica i ara les ones no ens arribaven als peus. Quan Maria es va desvetlar i s'adonà d'on era, que ho mirà tot amb ulls estranys, va dir:

—He somiat que tindré una xiqueta.

—Tindrem, voldràs dir —vaig corregir-la.

I va somriure sense cap pena als ulls.

Quan el sol ja estava prou decantat, vam decidir anar-nos-en per si fèiem tard. Vam arribar on era la barcassa. El senyor Brunho encara no hi era. Vam anar al bar on havíem comprat els entrepans i vam seure a refrescar. Al poc de temps hi aparegué ell.

—Ja és hora de salpar —va dir-nos.

De la badia de Lago va tombar cap a l'esquerra, i ens féu passar per l'estret de les illes Cies. A mesura que el sol havia anat decantant-se, havien anat apareixent en el cel uns núvols tous i flonjos, com eixits del baf de la mar, i una boirina suau s'endormiscava sobre l'horitzó.

—No hi ha massa núvols —comentà amb una mica de desil·lusió el senyor Brunho.

Però a mesura que ens anàvem allunyant de les Cies, el cel es cobria de grocs i vermells, de cobalts i de lilàs, de blaus verdosos, de gavines, d'humitat, i l'aigua semblava un espill que tot s'ho emmirallava, que només el deixant de la barcassa dividia l'oceà en dos, el feria de mort i ens descobria el color escumós del seu ventre.

Quan arribàrem al petit moll de Canido hi havia una vella asseguda damunt d'una pedra. En veure'ns atracar, s'atansà al senyor Brunho i molt en secret li va dir unes paraules. El senyor Brunho ens mirava amb els ulls llastimosos i astorats. Nerviós, es va dirigir cap a nosaltres i digué:

—¡*Vinde*! ¡Afanyeu-vos, de pressa! —I la vella ens seguia com si el volgués amagar al mateix temps. Vam entrar en una casa que hi havia a uns cinquanta metres del moll. Era la casa de la vella. El senyor Brunho ens ho va contar tot:

—Ha dit la senyora Saturnina que us n'aneu tot seguit, car aquest matí hi ha anat preguntant per vosaltres una parella de civils.

Mentrestant la vella se n'havia entrat en una cambra i en va traure les nostres bosses de viatge.

—M'ha donat açò per a vosaltres. Diu que us ha posat a dins les bosses deu mil pessetes per haver-la ajudada en la sega del blat. ¡Si sabésseu com ploraven els dos vells!

Maria estava abraçada a mi. El senyor Brunho va dir que era molt tard per a saber on anar, però que no podien comprometre's més, que massa anaven a exposar-se els vells per amagar uns menors d'edat fugits de casa. La vella ens contà que la senyora Saturnina havia dit als civils que havíem eixit perquè era dia de festa i que pensava que tornaríem de nit, però no havia dit res del viatge en barcassa a les Cies. Vaig pensar que deu mil pessetes eren massa diners, ja que ens havien alimentat durant tots aquests dies. Però la vella tenia totes les respostes amanides:

—Ha dit el senyor Xan que us faran falta. —Va eixir al carrer i ens avisà que podíem eixir-hi, que no hi havia ningú.

—No es preocupen, que sabem on anar —els vaig tranquil·litzar abans d'acomiadar-nos-en—. Diguen als vells que els estem ben agraïts.

I com si espiàssem cada tros de carrer vam eixir corrents de Canido i ens vam dirigir cap al nostre antic refugi.

27

Érem feliços. Hauríem pogut ser més feliços gitats bocaterrosos damunt la brossa del pujol curull de pins. Teníem gana, però no la sentíem massa. La mar a trenc d'alba allí baix, amb un tel de boirina. Havíem dormit intranquils. Ens havíem gitat molt tard, tot esperant des d'aquest mateix pujol si hi havia cap civil que ens volgués enxampar com en una lludriguera. Després vam baixar a dormir, però la mar ens tenia desvetlats, que no desitjava que ens agafassen desprevinguts. A penes quan véiem una claror, pujàvem al pujol, bosses i tot, sense deixar el mínim rastre. Quan de lluny vam guaitar que venia el trenet, davallàrem cap a l'estacioneta, que el cor bategava ple d'ulls.

—Ara quan arribem a Vigo, vull que escriguem a casa, Sergi —li vaig dir, quan ja érem de camí.

Em va respondre que bé. Vam desar les bosses en consigna. Esmorzàrem en el primer bar que trobàrem obert, davant d'uns bellíssims jardins. Més tard sabríem que eren els jardins d'Eijo Garay. Vam anar davallant per aquesta llarga avinguda perquè sentíem en la nostra pell el sabor a mar, i allí a prop els vaixells s'arrengleraven plens de colors, tot bellugant-se. I les flors dels jardins, i la mar, i els vaixells, tot em duia captivada, que no vaig pensar que havíem d'escriure a casa fins que un senyor obrí les portes del quiosc i va mostrar unes targetes plenes de ries, de verd, de pedres de catedral, de gallecs que feien sonar les gaites, mariscs que brillaven a la llum del sol amerats encara d'aigua. I no sabíem quina escollir perquè totes ens agradaven. Jo vaig triar-ne una plena d'arena de neu de les illes Cies, i Sergi va triar-ne una de la ria de Vigo. Vigo s'hi veia un poc lluny, entelat, que allò important era la calma planera de l'aigua.

—¿Què els contarem? —vaig preguntar a Sergi.

—Doncs que estem bé, i que no pensem tornar —retrucà.

Em vaig aguantar les llàgrimes. Era per ma mare i pels meus germans. No sé si ho degueren endevinar en les ratlles nervioses de les paraules. Vam deixar caure les targetes dins de la bústia com qui deixa anar una camèlia acabada de collir. Perquè hi havia moltes camèlies pels jardins, de diferents colors. Vaig demanar a Sergi que ens asseguéssem un moment, que m'havia entrat un poc de pesar. I mirant les camèlies, recolzada sobre els muscles de Sergi, em va passar.

Vam entrar per uns carrers estrets, humits i vells; carrers enllosats de velles llambordes, plens de tendes, de cases amb estil senyorial plenes d'escuts; hi havia un mercat que era tot de cistelles; de tota mena de cistelles, de vímet i de palla. Vam entropessar amb la catedral. Era tancada. Tant s'hi valia. Només desitjàvem una ombra fresca, perquè el sol començava a escalfar. Per un carrer que feia davallada tornàrem a trobar-nos amb la mar. Era un mar de barques. Barques pesqueres que encara pudien a peix novell. Era el Berbés. Em va encisar: cases com apilotades, porxos, bars, gent, un bullici de veus i crits salobres, xàrcies per arreglar. Vam dinar en un d'aquests bars. Demanàrem que on podíem passar les hores de calor. Ens van enviar al Castro. Hi arribava com un vent del sud. Les Cies eren als nostres peus, rocoses, plenes de crestes, que semblava que les poguéssem agafar amb les mans. No em vaig saber estar d'agafar una camèlia i sentir-ne la flaire. Quan el sol ja no escalfava, Sergi digué que havíem de buscar casa per dormir. Calia que fos discreta, li vaig aconsellar. Ell aniria davant i preguntaria si hi havia lloc. Després hi aniria jo, tot seguit, com si anàssem separats. Vam recórrer moltes pensions i en totes, en veure'ns tan jóvens, ens demanaven el carnet d'identitat. Anàvem cada vegada més desmoralitzats, perquè el vespre s'acostava i no sabíem on dormiríem.

—Sopem —digué Sergi. I mentre sopàvem, cavil·là que podríem agafar el tren i dormir-hi, mentre anàvem cap a La Corunya, car no convenia estar-se massa temps a Vigo perquè, en arribar les targetes a casa nostra, ens hi buscarien.

Vam agafar un tren que partia a mitjanit; viatjàvem en segona per poder dormir. Esperàvem que passàs el revisor per poder seure plegats. El mateix cansament i sotragueig del tren desvetlava el meu son, ja que Sergi no tardà gens a adormir-se. Quan ja tenia el son posseint-me com una embriaguesa de mistela, llavors, un renou de xerrics, veus d'altaveus i el moviment de la gent em desvetlà. Havíem arribat a La Corunya i encara no volia començar a clarejar. Sergi va voler que tornàrem a deixar les bosses en consigna i va vetlar el meu son en un banc de l'estació fins que la claror del sol m'enlluernà els ulls, que s'havia esmunyit un raig de sol per la finestra, mentre que al carrer, quan vam eixir, encara hi havia boira, i els autobusos avançaven a través d'ella, com eixint d'una tela de tul incorpòria. I Sergi va dir que hauríem de comprar una tenda de campanya per als tres. I quan va dir per als tres, aleshores, em vaig despertar del tot i vaig contestar-li que tenia fam.

En el bar, mentre ens desdejunàvem, van radiar a l'hora de les notícies que continuàvem sense aparéixer nosaltres, feia ja més d'una mesada, que érem així, i que anàvem vestits de tal manera. Ens vam mirar i no vestíem ja com deien les notícies. Acabaren recomanant que qui ens descobrís que avisàs els pares a tal telèfon, o als llocs més propers de la policia o de la Guàrdia Civil. Ningú no va semblar fer-ne cas. Però jo em vaig posar molt nerviosa i no vaig poder-me acabar el croissant, car temia que em sentàs malament. Sergi també s'alçà sense acabar-s'ho i pagà més del que valia, sense esperar-se a les tornes.

—Anem, comprem-nos la tenda, Maria —va dir seriós.

Jo em vaig quedar a la porta de la tenda i, ell, dissimuladament, em feia senyals si me n'agradava una o una altra, fins que en comprà una de lona verda, que era més discreta entre el verd que trobaríem. I vam esperar que vingués la tarda, mentre jéiem en la platja de Riazor, ja que volíem fugir de la llum dels carrers. Abans vam enviar una nova targeta a fi de desorientar els nostres pares. L'autobús que vam agafar anava cap a Ribadeo. I així va ser com vam fugir de les Ries Baixes, car temíem que algú ens descobrís.

Acampàrem a Ribadeo, quan ja era capvespre, ria amunt, sota d'uns bedolls, i l'aigua davallava corriolera; terra d'Astúries a l'altra vora. Recorde que ens vam gitar enjorn perquè la son i el cansament ens acaçaven a manotades, mentre que la remor dolça de l'aigua ens adormia.

28

Ens havíem acostumat a viure l'un al costat de l'altre, car no hi ha més gran voluntat per a conviure que aquella que naix d'estimar-se i saber cedir mútuament. Ens havíem organitzat el millor que havíem pogut. Ens alçàvem a sol eixit, quan la boirina que entelava els ulls dels peixos de la ria havia desaparegut. Mentre que la tenda s'orejava, baixàvem a Ribadeo a desdejunar, ja que el passeig ens obria la gana. Cada dia solíem anar a un bar diferent, fins que vaig preferir comprar un foguer de càmping i només baixàvem a Ribadeo pels queviures cada dos o tres dies. Mentre el sol durava alt, ens banyàvem en la fresca aigua de la ria, i fèiem l'amor damunt una platgeta de graveta fina, l'aigua allí a prop, i quan suàvem, ens mullàvem. Després dinàvem i dormíem a l'ombra dels bedolls. Cap al tard passejàvem pels entorns, fins que un dia vam descobrir Castropol a l'altra banda de la ria, i hi anàvem a comprar. Maria volgué que compràs un transistor. I li'l vaig comprar. La rutina dels dies va començar a embadalir-nos, lluny de cansar-nos.

Teníem la porta de la tenda oberta mentre guaitàvem com plovia a fora. La ria era un embolic de cercles i d'esguits produïts per la pluja. Maria es va dur la mà al baix ventre, mentre que somicava. Feia unes carasses de dolor, fins que va rajar unes llàgrimes. Jo la mirava sofrir. Però ella no deia res. Quan va apartar la mà de l'entrecuix, la duia mullada de sang. Maria va empal·lidir, i jo vaig reaccionar tot dient que anava a buscar un metge. Maria, tanmateix, va voler retenir-me.

—Espera't una mica, Sergi —va manar-me—. Em gitaré a veure si em passa.

La vaig ajudar a ajaure's a poc a poc i ella va buscar la posició més escaient per tal de sentir el menor dolor.

—Ja em trobe millor —digué al cap d'una estona. Més tard es va aixecar i es va rentar la sang de l'entrecuix. S'hi va posar una compresa per controlar millor l'eixida de la sang—. Açò sol ocórrer a moltes dones, Sergi —va voler consolar-me. Vaig preparar jo el sopar i ella va menjar lleugerament. Però a mitjan nit van despertar-me els seus gemecs. Em vaig esglaiar i, amb el cor mig endormiscat, em vaig abraçar a ella perquè jo patia de veure-la sofrir i no sabia com remeiar-li el dolor. Maria es duia les mans al baix ventre i agraïa els meus besos en el seu front suat. A la llum de la llanterna la compresa es veia tota roja de sang. Els dolors li van durar més d'una hora. Li vaig assegurar que de matí aniríem a buscar un metge, però Maria s'hi negava, perquè deia que estaríem perduts, ja que ens descobririen, que el metge sabria que estava embarassada i la durien, potser, a l'hospital. I digué que preferia sofrir i morir que no pas posar-se en perill i que haguéssem de tornar a casa. Jo pensava que en part tenia raó, i que caldria esperar un altre dia per veure si li passava, malgrat l'esglai que suposava tenir el dubte a l'abast de la mà. De matí la compresa la tenia menys xopada, i ens en vam alegrar. Li vaig aconsellar que havia de romandre gitada, no fos cas que el moviment li despertàs l'eixida de la sang. Com que dins de la tenda va començar a fer calor, li vaig demanar si volia que l'ajudàs a eixir-ne, però Maria va retrucar-me que preferia patir calor si així s'havia de curar sense haver d'anar al metge.

Tots els mateixos símptomes li van tornar a venir pels volts de migdia. Ja desesperat, perquè els mals que vénen de dins són més angoixosos, vaig xisclar-li que, si no venia ella a cal metge, anava a buscar-lo jo. Com no volia que descobrissen el nostre amagatall, va consentir a baixar ella. I la vaig dur a pes de braços fins a Ribadeo, descansant quan ja no podia més amb el seu pes. Li vaig donar prou de diners i va entrar ella sola a la consulta del metge, mentre jo romania nerviós a l'altra banda del carrer. Digué que el metge era jove i que es va interessar molt pel seu estat. Quan Maria li contà que els seus pares no sabien res del seu embaràs, ell li aconsellà que els ho digués en un moment en què els seus pares estiguessen tranquils, que no era la primera xica. També s'interessà si Maria coneixia el pare de la futura criatura, i ella digué que sí, i que pensaven casar-se. «Així el problema serà menor», respongué ell. Li aconsellà que guardàs repòs uns dies i que es medicàs talment com li indicava en un total de quatre receptes. Digué que es negà a cobrar-li cap cèntim. Vam comprar els medicaments i Maria va començar a prendre-se'ls com li indicà el metge. Però sobretot guardava un repòs escrupolós. Jo no em movia del seu costat, tret de quan baixava a Ribadeo o a Castropol per fer les compres. Sempre li portava algun detall que sabia que era del seu gust, i això alegrava la seua cara i la distreia de les llargues hores de repòs.

El quint dia que Maria feia repòs vam tenir visita ben enjorn. Era una parella de guàrdies civils. Només amb l'astorament dels nostres ulls en van tenir prou. De totes maneres ens van fer identificar, i l'un digué a l'altre que qui s'ho hagués imaginat, tan amagats. Amb veu quequejant, els vaig advertir que Maria estava malalta i vaig anar a ensenyar-los els medicaments, però em digueren que ja ho sabien. Un d'ells se'n va anar i l'altre em manà que podia anar plegant la tenda i preparant-ho tot.

—Bé, home, bé, cal tenir valor a les vostres edats per a fugir de casa —comentà sense recriminar-nos-ho. Van ser les paraules que faltaven perquè Maria esclafís en un plor. Li vaig allargar el pantaló i la camisa perquè se'ls posàs, ja que portava banyador. Després em vestí jo i vaig començar a desparar la tenda i anava encabint les altres coses en les bosses. El guàrdia civil em mirava i callava. Al poc de temps va arribar l'altre company seu i el metge. Aquest feia mala cara.

Quan ens va veure tan esglaiats va fingir un to simpàtic i digué:

—Home, ací tenim el pare —i es va dirigir cap a Maria. La tocà amb molta cura en el baix ventre i li anava dient si li causava nosa. Ella li va contestar que no amb el cap.— Bé, de totes maneres serà millor que continue reposant fins que arribe el pare d'aquest xicot.

Ens van fer pujar al cotxe del senyor metge i ens dugueren a la caserna de Ribadeo. A Maria la mudaren a una pensió i la gitaren. Em digué un dels guàrdies que mon pare arribaria encara de nit. El vaig esguardar amb els ulls cots, donant-li a entendre que no em feia gens de gràcia. Vaig dinar allí, a la caserna, i els dos guàrdies, per torn, no em perdien de vista. Quan es va quedar aquell que havia romàs sol amb nosaltres vora de la ria, que em queia millor, li vaig preguntar que com ens havien descobert. Em contà que la pista la duien ja de lluny, des de Canido, on una dona ens va denunciar perquè hi havia una recompensa de cent mil pessetes, però que uns vells van saber avisar-nos a temps. Després van tenir avís d'un bàrman de La Corunya, el qual va trobar molt sospitós com vam pagar pel desdejuni molt més del que pertocava, tot i que ens ho havíem mig deixat. Quan una hora més tard va sentir les notícies recordà que la nostra fugida havia coincidit a l'hora de l'anterior retransmissió. S'ho va mal pensar i avisà la policia. Tots els escorcolls, però, van ser debades. Darrerament fou a Castropol, a causa de la factura d'un transistor. Havia donat jo el meu nom real, sense adonar-me'n, i el comerciant, al cap d'uns dies, en sentir el noticiari cregué haver sentit el nom meu. No sabia a on, fins que recordà un xic que havia anat a comprar-li un transistor. Va mirar en l'original de les factures i ho descobrí. Va avisar la Guàrdia Civil de Castropol i aquesta avisà la dels pobles de l'entorn. La Guàrdia Civil de Ribadeo preguntà pels comerços si ens havien vist, ja que disposaven de fotos nostres. Molts comerciants dels establiments on havíem estat comprant afirmaren que encara estàvem pel poble. La Guàrdia Civil pensava que devíem estar en alguna casa d'hostes de les que no els declaren. Vigilaven la platja a qualsevol hora del dia, i el poble també. Però no hi havia manera. Fou parlant casualment el metge amb el caporal de la Guàrdia Civil de Ribadeo. El metge li contà el cas d'una jove que havia anat a la seua consulta i que estava embarassada sense que els seus pares ho sabessen. El caporal li demanà per curiositat si era del poble. «No la conec, deu ser de fora, per l'accent», li respongué el metge. Li va manar que li la descrivís, sense que el metge en sospitàs res. «¿I sap si ha de tornar a la seua consulta?», digué el caporal. El doctor li digué que possiblement, perquè li havia recomanat uns dies de repòs, i que encara els devia estar fent. El caporal ordenà que buscassen cada pam de terme, perquè imaginà que devíem ser encara en algun lloc amagats.

I a la nit havia d'arribar mon pare.

I quan va arribar i em veié allí com l'observava amb desdeny, encés en sang, em va pegar un parell de bufetades i començà a rajar-me sang del nas.

29

L'endemà, el baladre relluïa per l'aiguat de tronada que ens havia rebut en la nostra arribada a casa. Tota la meua família m'esperava. Em van rebre amb alegria i amb plors. Però els plors també eren d'alegria. Vaig restar sorpresa de veure com no m'havien rebut agressivament, com Sergi havia estat rebut per son pare.

—¿Per què m'heu manat a buscar? —els vaig preguntar, perquè no sabia què dir-los.

—Nosaltres no t'hem manat a buscar, filla —replicà ma mare—. Tot s'ho ha fet el pare de Sergi, que nosaltres ben contents que estem.

Ma mare em va escodrinyar interrogadorament, amb mig somrís. Féu una acció amb les mans, tot volent-me donar a entendre si estava embarassada. Em vaig guaitar la panxa, per si se'm notava. Ho vaig entendre tot seguit. Desitjaven, volien que estigués prenyada. Talment com mon pare havia desitjat. I vaig arrancar en un plor car no havien comprés el vertader motiu de la meua fuga amb Sergi. I me'n vaig pujar cap a la meua cambra. Ma mare no tardà a entrar. Amb veu dura va amollar-me:

—¡Tot el poble sap que estàs embarassada, Maria!

—¿I qui els ho ha dit? —vaig replicar-li plena de ràbia.

—Series una imbècil si no te'n sabesses aprofitar. Tu mateixa hauràs de dir-ho als quatre vents. Dos mesos i mig sola amb un xic marca per a sempre. Si no te'n saps aprofitar seràs una desgraciada tota la vida, una meuca. Tothom et mirarà com una bagassa.

No vaig poder-li sentir dir tant de disbarat i vaig tornar a baixar on era el meu germà Jaume i li vaig dir amb les llàgrimes als ulls si també ell pensava com la mare. Tenia el cigarret en la boca. Va llançar-ne el fum i digué:

—No els faces cas, Maria. Ja ho arreglarem nosaltres —es referia a ell i Vicent, l'altre germà gran. Després ell m'anà assabentant de tot el que s'havia esdevingut.

Durant els dies que havia durat el viatge de fi de curs, els nostres companys solament feien que remirar-ho tot esperançats de trobar-nos. El pare de Sergi, en rebre la notícia, vingué a cals meus pares i els amenaçà que em mataria si jo posava el seu fill en cap destret. Els meus pares li retrucaren que de passar-me res a mi el denunciarien perquè Sergi m'havia capgirat a fi de fugar-me amb ell, car sempre em venia al darrere. El pare de Sergi posà tots els seus mitjans i diners per tal d'aconseguir que ens trobassen com més prompte millor. Estava en continu contacte amb alts caps de la policia i de la Guàrdia Civil. Féu anunciar que lliuraria una recompensa de cent mil pessetes a qui ens trobàs. Com en un principi tardaren gairebé un mes a tenir noves nostres, arribà a tornar-se boig i venia cada dia a ma casa per si els meus pares havien rebut cap carta. Un dia ma mare li soltà amb un xic de menyspreu a la cara que sí, que n'havia rebut una i afirmà que li hi contava que jo estava embarassada. El pare de Sergi volgué que ma mare li l'ensenyàs, però ma mare s'hi negà. Ella fou la que escampà aquesta notícia pel poble i hi afegia després: «Els haurem de casar, veges tu quin remei.» Diu que ho contava com condolguda, com si se'n disgustàs.

Vaig romandre uns dies a casa perquè no volia que la gent armàs tant de rebombori ni que satisfessen la seua curiositat, que entre els pares de Sergi i els meus l'havien empastifada. Només eixia a la porta del carrer, de vesprada, quan refrescava. Si passava algú, em preguntava, tot fingint que mostrava per mi un gran interés, que com m'havia anat. Quan els deia que bé, com a frase feta, em replicaven que ja era a casa, ara, que és on millor s'està. I em miraven la panxa, i encara, a vegades, sentia com una dona confessava a l'altra: «No se li nota gens, ¿vols dir que és de veres, això?» I l'altra replicava que encara era prompte, que amb el temps, que tot ho madura, ja es veuria.

No vaig tardar gens a notar el buit que s'havia creat al meu entorn. Les amigues no van venir a veure'm. Un dia, de vesprada, vaig voler anar a casa d'Àngels perquè volia raonar amb ella a fi que em contàs coses d'aquell estiu. Quan vaig ser davant de sa casa vaig sentir la seua veu i me'n vaig alegrar. Vaig trucar a la porta i va eixir sa mare a obrir-me. Em va mirar amb els ulls esverats i amb una carassa de disgust. Quan li vaig preguntar si Àngels era a casa, per cortesia, em respongué que feia una estona que se n'havia eixit. Vaig restar tan astorada que sense pensar-ho gens vaig retrucar-li que m'havia semblat oir la seua veu a dins de casa.

—T'enganyes, filla —em contradigué, tota la cara vermella—. Si ha eixit, ¿com pots haver-la sentida?

I ho vaig comprendre i me'n vaig anar a buscar la Carme. La Carme no em va deixar passar del brancal i no tenia ganes de romanços i sols feia que mirar amunt i avall del carrer, com si tingués por que algú la veiés parlar amb mi. Vaig sentir que sa mare la cridava i la feia entrar.

—Ja parlarem un altre dia— s'excusà la Carme amb desgana.

Me'n vaig anar a casa plorant, car de Sergi tampoc no sabia res, que l'havien tancat amb pany i clau. Vaig pensar que seria millor deixar passar els dies de cara a la tardor, que amb els dies aniria creixent la criatura i calia que cresqués sense cap contratemps, perquè la volia feliç i somrient.

30

Amb clara consciència, tancat en la meua cambra, sols em restava bufar i patejar com un cavall, sense que les meues queixes ni les meues guitzes es fessen sentir. Un dia i un altre dia. La meua cambra estava ubicada de cul al barranc i no se'm permetia eixir al jardí a fi que no pogués ni tan sols veure la casa de Maria. Per això preferia estar-me a la cambra. Mon pare, el veia a les hores de les menjades. Si arribava de nit i jo no m'havia gitat encara, obria la porta allò suficient que li permetia assegurar-se que no havia tornat a fugir. Era un exili dins de la meua pròpia casa on sempre veia les mateixes cares, on sempre sentia les mateixes paraules. No sabria dir qui dels dos tenia els nervis més a flor de pell: si mon pare o ma mare. Ella entrava de tant en tant en la meua habitació i em demanava si era de veres que Maria estava embarassada. Jo guardava silenci perquè ja m'havia cansat de contestar-li massa vegades que sí. I ella continuava preguntant-me si estava segur que era meu, si Maria no s'havia separat gens de la meua vora durant tot aquell temps, no fos que m'hagués enganyat. I una altra volta les queixes o els plors: «I com estan de contents els seus pares, que van dient-ho per tot el poble, talment com si haguessen heretat una immensa fortuna, que ja us veuen casats. I mira quina vergonya, veges què farem nosaltres amb la teua criatura. ¡Ja podia nàixer morta!» I quan maleïa d'aquestes maneres jo xisclava com un boig i em refeia contra ma mare, i havia d'entrar la minyona i entre totes dues em subjectaven i els murs assistien muts a les nostres discussions, perquè, d'haver parlat i haver tingut sentiments, s'haguessen enderrocat plens de vergonya.

La tardor va dur les pluges i jo romania a casa o anava a treballar amb mon pare, perquè no havien permés que continuàs estudiant. No tenia tracte amb cap amic meu, tan malament havien pres els meus pares els esdeveniments. No podien pair-ho. I cada dia que passava, més. Solament la minyona tenia un poc de llàstima de mi i un dia, en entrar-me el desdejuni, molt en secret, em contà que, a Maria, ja se li notava la panxa més plena, i també la cara, que s'havia engreixat un poc. Semblava més bonica, així de grosseta. El meu cap pegava voltes i de vegades de tant de cavil·lar, de tan clos en ell mateix, semblava semat, buit, impotent de crear cap nova idea. I altres vegades semblava que anava a rebel·lar-me contra tot, imaginava situacions irreals, utòpiques. I ma mare torna-li, sempre el mateix, que si n'estava segur, d'ella; que mira si t'ha enganyat, que com estan de contents; i torna a discutir, i a barallar-te, i no sé què vaig dir, i vaig dir que potser fos de son pare, que l'havia volguda violar. No sé si va ser un alliberament inconscient, que potser n'estava fart, d'aquest martiri diari, d'aquest anar embogint tan jove, tan feliços com havíem estat sols, sense els majors pel mig; tan feliços que haguéssem pogut continuar sent, sols Maria i jo, sense aquest embolic d'interessos egoistes; i ma mare: «¿Què has dit? Torna-ho a repetir, fill!», i jo vaig i li ho torne a repetir, xisclant, com volent-me justificar, i ma mare obria la boca com una magrana, s'esbatanava d'ulls i va esclafir en una rialla de boja, de meuca, i va eixir-se'n corrents i manà a la minyona que anàs a buscar corrents el senyor.

Quan mon pare arribà a casa, ma mare el féu passar a l'habitació i em manà que ho tornàs a contar tot a mon pare.

—¿El què? —vaig contestar.

—El que m'has contat a mi, fill —m'indicà tota estranyada. I em vaig negar a contar-ho perquè ja m'havia penedit d'haver-ho fet, perquè potser sols necessitava contar-ho una vegada, i ho negava una i mil voltes quan ma mare ho contava a mon pare, i jo deia «mentida, mentida», a cada paraula. Quan ma mare ho acabà de contar i jo repetia sense esma que tot era mentida, mon pare, nerviós com sempre estava, em soltà una hòstia en tota la cara, m'agafà del coll de la camisa i, tot apropant-me cap a ell, va dir:

—Si tornes a dir una altra vegada que tot això és mentida, ¡et mate!

I em va soltar, tot tirant-me d'una espenta sobre el llit, mentre que ma mare deia:

—D'un home borratxo com ell, ¿qui no s'ho ha de creure?

Se'n van eixir i en els ulls ja duien tramada la falsia.

31

Anava fent-me panxuda enmig de males passions. Era una punta aguda, un cul ample i estovat, i les dones enteses m'asseguraven que seria una xiqueta. Ja me la sentia bellugar a dins la panxa, o m'ho semblava, que només vivia pendent d'ella, ara, quan a penes duia sis mesos d'embaràs.

M'havia acostumat a desentendre'm dels crits i de les males passions dels meus pares perquè tenia l'ajuda dels meus germans. Ma mare mirava el xalet de Sergi a través de la finestra i s'exasperava en veure la calma exterior que l'envoltava, i xisclava. Xisclava que ens hauríem de casar, ho volguessen o no, que no consentirien ells veure créixer la criatura davant dels seus nassos i no patir del fetge. «Ja m'encarregaré jo d'anar a mostrar-los-la, i tindran criatura nit i dia», continuava dient ma mare. Mon pare havia visitat el senyor rector tres vegades i li havia exposat el problema. El rector, deia ell, se l'havia escoltat amb les mans entrellaçades davant la panxa. En la primera visita li prometé que aniria a parlar amb els pares de Sergi i que els tractaria de convéncer, perquè no es pot deixar una criatura sense el mutu afecte del pare i de la mare. «Segur estic que uns catòlics com ells no s'hi negaran, perquè els conec i son fills complidors dels manaments de la santa Església», digué el rector. En la segona visita el capellà exposà a mon pare el dubte que captenia la família de Sergi davant la possibilitat que la criatura que havia de nàixer no fos del seu fill. «Potser fóra convenient —afegí— que nasquera primerament la criatura i, si s'assemblava a Sergi, es podria fer-hi més força, perquè no era per mala disposició de la família, no.» En la tercera visita, el rector, fent-se un aiguamoll d'amabilitats, tractà de fer veure a mon pare la sort que la criatura que anava a nàixer tindria, car estaria rodejada d'un grapat de parents que li donarien aquell afecte que necessitava. Encara li aconsellà que els meus pares podrien fer de pare i de mare de la criatura, perquè jo podria fer de germana, tan jove, que no caldria ni que la criatura se n'assabentàs. Mon pare, que era poc religiós, malgrat tan mal vist com estava en aquell temps, s'enfurismà de tal manera que li digué que era un hipòcrita, que s'havia venut als rics, que amb aquella sotana negra semblava un corb de veres. I li escopí en la cara.

La ràbia li durà dies i dies, fins que un vespre vingué un home de confiança a parlar-nos en nom de la família dels pares de Sergi. Va començar a dir que els jóvens, ja se sap, són jóvens i els manca l'experiència de la vida, i, sense adonar-se'n, cometen actes dels quals potser després se'n penedeixen. Que com el cas nostre, ja veus, tan joves i que hagen de lligar-se l'un a l'altre per a tota la vida, sense cap seguretat sobre el futur, perquè el pare de Sergi no està disposat a dotar-lo amb cap cèntim, car hauria de saber-se guanyar la vida, i una criatura no es pot deixar en mans de dos, diguem-ne, monyicots, i que, conseqüentment, potser fóra millor per a tots, doncs... Doncs va proposar que el pare de Sergi estaria disposat a pagar un avortament en mans del millor metge i que, si els meus pares ho acceptaven, els lliuraria una quantitat de dues-centes mil pessetes, però que ningú no ho havia de saber. Jo me'n vaig assabentar pels crits dels meus pares; xisclaven furiosos i rebutjaven l'avortament i els diners. L'amenaçaren que els passejarien la critura per davant dels nassos tothora. I aquell home, també xisclant, els va dir que si no ho acceptaven, pitjor per a ells, perquè sabien que mon pare m'havia violat i dirien que el fill era de mon pare, fill d'un borratxo, i que ens quedaríem sense res i amb una criatura en les mans.

Els meus pares van callar. Es va produir un silenci de mort. I el mateix silenci fermava els meus llavis, impotent per a xisclar, impotent de baixar les escales i dir-los que el fill era de Sergi i meu. I quan van tornar a parlar, vaig poder alçar-me del llit, les cames que em tremolaven, i vaig caure escales avall. Quan em van plegar, només deia que el fill era nostre, de Sergi i meu, i ho repetia una i mil vegades. Mon pare va anar a buscar el metge, després que m'havien gitat, i jo sentia com l'home de confiança tractava de convéncer ma mare com els convenia d'acceptar, car potser ara avortaria i es quedarien sense diners i a més acabarien malament amb els pares del xicot, persones tant influents en tot el poble. I ma mare va dir que fóra d'allò millor i més convenient, perquè els jóvens ja se sap, posen els majors en grans destrets. I un son de mort em va entelar els ulls.

32

Ma mare hauria rebentat si no m'ho arriba a revelar. Dinàvem i estàvem muts. Era l'actitud que prenien sempre que séiem a taula. Ella estava desficiosa i se li notava el neguit que duia a dins en cada moviment que feia. Mon pare la va mirar consentidor.

—Sergi, no t'has de preocupar ja. Maria ha consentit a avortar.

Així de clar i de ras. ¡Com si la preocupació fos meua! Com si jo desitjàs que Maria enviàs la criatura a pondre. Vaig callar perquè no sabia com rebel·lar-me, com evitar l'avortament, com dir-los que jo era el pare i que jo no consentia que ella avortàs. Però els llargs dies que havien transcorregut sense notícies de Maria em feien dubtar i temia que ella hagués claudicat. Tanmateix em resistia a creure-ho. Per això vaig respondre amb energia:

—¡Us denunciaré per assassins!

Encara no ho havia dit i ja me n'havia penedit, perquè pel meu front havia passat una idea: intentar anar-nos-en de bell nou amb els diners que ens havien sobrat de la primera fugida i que jo tenia encara amagats.

—¡Els seus pares són consentidors, Sergi!, ¡i tu faràs el que et manarem! —va respondre'm mon pare amb la cara encesa. Vaig callar perquè només tenia al cap aquella idea. Mon pare va prosseguir:— Ella també farà el que els seus pares li ordenaran, perquè és encara una menor. —I jo callava.

Va ser ma mare qui, amb el seu deler de justificar-se, va afegir:

—Dues-centes mil pessetes ens costarà la festa; ¡les teues gràcies, Sergi!

«¿Dues-centes mil pessetes un avortament?», vaig preguntar-me. No podia ser. Per això vaig gosar dir, a fi d'endevinar el meu pressentiment:

—¡Els metges cobren ben car l'assassinat!

Ma mare va apressar-se a retrucar-me.

—Seran els seus pares els qui s'embutxacaran els billets. Ho han preferit abans que no quedar-se sense billets ni casament, ¡fill! ¡Els pobres sempre són fàcils de convéncer!

Volia dir que havien estat els pares de Maria els qui havien accedit. Maria devia patir molt. Vaig llançar el plat de sopa sobre la cara dels meus pares mentre els anava xisclant «xantatgistes» i «assassins», i me'n vaig entrar en la meua habitació i la vaig tancar amb el forrelladet. Mon pare va forcejar la porta, mentre que em manava que obrís. Ho hagués aconseguit si ma mare no li arriba a demanar que em deixàs, perquè m'havia de comprendre.

Allí vaig estar-me tota la vesprada tancat, tot esperant que es fes de nit fosca, que, ara, vora l'entrada de l'hivern, no tardava massa a fer-s'hi. Però aquesta d'avui semblava que tardava més que mai, com si el sol s'hagués deturat tot encantat a descobrir les meues ànsies, les meues angoixes. No sé com se'l va engolir la serralada i, a fora, tot era fosc: jo sentia com ma mare i la criada eren al menjador i havien encés la llar. Mon pare encara era al seu treball. Vaig fugir per la finestra. El pont que creuava el barranc era llarg, com mai no m'ho havia semblat. Vaig haver de travessar el barranc pel seu llit, tot fregant les fulles del baladre a fi de no ser vist.

Maria m'obrí la porta. Els seus ulls s'esbatanaren com magranes madures i es va llançar al meu coll i m'estrenyia contra el seu cos mentre anava repetint el meu nom. Jo notava el seu ventre inflat i pensava en la criatura que havien sentenciat a mort. La vaig apartar del meu coll per dir-li:

—Maria, ens hem d'escapar abans no t'obliguen a avortar.

En sentir aquestes paraules es posà a plorar, com si ho hagués estat esperant, i jo notava el botó que tenia en la gola i tot el que havia patit.

—Passa —em va dir. I va cridar els seus pares i el germà Vicent. Els vaig preguntar si era de veres que havien consentit que Maria avortàs. Es van mirar els pares de Maria sense saber què contestar-me. Sa mare digué:

—Els teus pares ens han obligat, que nosaltres no volíem.

—¿Els han comprat per dues-centes mil pessetes? —els vaig recriminar.

—¡No voldries que, no casant-vos, Maria fos considerada tota sa vida com una puta! —va defensar-se sa mare, irada, contra mi.

—Jo no he dit mai que no em volgués casar amb Maria, senyora, però és impossible mentre que no siga major d'edat. Però el que ara no vull és que Maria avorte. I si vostés no pensen impedir-ho, jo sí. ¡Vull endur-me la seua filla! Tinc diners per a anar-me'n. Ja sabem com amagar-nos i ara no ens trobaran.

—No podem deixar que la nostra filla se'n vaja així pel món, Sergi. ¡O et cases amb ella o haurà d'avortar! —digué el pare.

Les seues paraules provocaren que Maria començàs a insultar el seu pare tot dient que ell havia tingut gran part de culpa. Ell va acotar el cap. Ja ho anava entenent tot, jo.

—¡Maria no avortarà! —digué el Vicent—. ¡Ho dic jo! Que se'n vagen a pastar fang les dues-centes mil pessetes, els pares de Sergi i el casament si cal —va agafar Maria del braç i va fer l'acció de pujar-se-la cap a dalt, perquè Maria estava força excitada.

Va ser en aquest moment quan mon pare va irrompre en ca Maria. Hi entrà com un brau i, sense que mitjançàs cap paraula, em va agafar del braç i d'una espenta m'empenyé cap a fora.

—¿Què fas tu en aquesta casa? —va marmolar embarbussant-se.

—El que em dóna la gana. A tu no t'importa gens. —I vaig voler-me escapolir de les seues mans i ell tornà a voler-me enxampar, i jo que no em deixava. D'una nova espenta em va llançar contra la porta. Jo em vaig quedar palplantat en el llindar, agafat del marc, i quan ell va acostar-s'hi, li vaig pegar un colp de peu en el ventre i el vaig deixar adolorit. Tots ho miraven estranyats, però no hi gosaven intervenir, bé sorpresos, bé perquè ara esperaven que jo continuàs pegant-li, bé perquè pensaven que era un assumpte familiar. Mon pare, quan es reféu del colp, va venir cap a mi amb el braç en alt i quan intentà pegar-me li'l vaig esquivar; però tot seguit, amb l'altre puny, em colpí la cara. Vaig aguantar-me el dolor i vaig avançar cap a ell tot brandant el puny dret, perquè la meua ira em donava unes forces insospitades. Els nassos de mon pare rajaven sang i açò el va engrescar encara més. Per uns moments havia oblidat que era mon pare. Tot l'odi, o tot el mal amor, tota la diferent visió que del món teníem tots dos, brollava ara com una deu d'aigua incontenible. Maria xisclava el meu nom, histèrica, i ningú d'ells no gosava intervenir. Jo oïa els crits de Maria a penes, com una veu que arribava ofegada entre els baladres esvaïts de verd i mancats de flors. I llavors vaig sentir un fort colp en la meua galta, vaig perdre l'equilibri i, tot intentant recuperar-lo, em feia arrere, mig atordit, sense sentits. Vaig caure d'esquena en un espai buit, un espai on no hi havia d'on agarrar-me, només uns núvols flonjos allà dalt, que es menjaven la negror de la nit, i un colp sec en el tòs, un cos de plom, llarg, estés sobre el llit del barranc, uns ulls oberts, humits, sense força per a tancar-se, una dolçor tèbia, feliç, en les mans, un cos de fum que no pesava, una llum que se m'acostava, que m'engolia, que m'acollia, a la qual em dirigia, a la qual desitjava acostar-me, i que em deia: «Sergi, Sergi...»

33

Jo em sentia com foc sense llenya. Llum sense cossos on reflectir-se; núvols sense terra on deixar caure la pluja, mans sense mans les quals estrényer. La imatge del cos inerme de Sergi, desnucat, com si volgués agafar tot el baladre del barranc. Jo el cridava i ell era allí, com l'argila morta, sord al seu nom, ocell de fusta, àmfora foradada. Son pare el sacsejava, i era talment com un sac de palla el qual no es pot fer ressuscitar blat novell. La mare de Sergi guaitava des de la barana del jardí. Volia descobrir el misteri d'un cos desvalgut, i només el crit amarg del seu marit cridant el fill l'assabentà de la seua mort.

La nit de Nadal va gelar. Però el meu cor feia dies que tenia el glaç a dins, com les taronges. M'adonava que anava envellint perquè les esperances se m'havien pansit i ara només vivia de records. M'embadalia hores i hores, davant de l'estufa, amb uns peüquets a mig fer entre les mans. Sentia, com si les veus vinguessen d'un altre món, quan ma mare remugava paraules i deia que si m'havia quedat tacada i sense diners. Però jo no me l'escoltava. Preferia viure amb Sergi, allí baix al barranc, o passejar pel pati de l'institut, o viure els dies de fugida a Galícia, o preparar una nova fuga a un lloc on ningú no ens trobaria. De tant de reviure aquests records, arribava a creure que Sergi aplegaria en qualsevol moment i que em faria pujar a la moto per anar a passejar. I mai no acabava d'arribar.

Al cap d'un mes de la mort de Sergi va tornar a venir a ma casa aquell home de confiança. Va fer reunir els meus pares i em van cridar. L'home de confiança va dir que no ens podíem imaginar el dolor dels pares de Sergi; que si les coses es pensassen dues voltes, que si poguéssem fer que el temps retrocedís i corregir els errors..., que ara els pares de Sergi no posarien cap impediment al nostre amor. I va dir que no sabia jo com estaven de pagats perquè m'havia resistit a avortar, que ara que Sergi havia mort tenien posats els ulls en la criatura que jo duia dins de les meues entranyes; que no desitjaven altra cosa sinó que s'assemblàs al seu fill com més millor. Que si jo volia anar a casa d'ells, un dia, o si jo preferia que ells vinguessen a ma casa, que n'estarien ben agraïts. Vaig fer un gran esforç per tal de concentrarme en allò que l'home de confiança em demanava. Quan ho vaig comprendre tot, com que encara tenia dins meu el gel que em glaçava el cor, vaig respondre-li que el seu egoisme havia causat la mort de Sergi i que no els volia veure mai, que els llaços d'amor només eren entre Sergi i jo, i ell ara ja era mort. L'home de confiança va retrucar-me amb paraules dolces a fi que m'esforçàs a comprendre l'angoixa que patien els pares de Sergi i que era jo, justament perquè no tenia el cor egoista, qui podia consolar-los. Jo m'hi resistia i hi retrucava que jo volia que me'l retornassen. Aleshores ell va replicar-me que, si m'estimava la criatura que havia de tenir, m'ho repensàs, perquè ells estaven disposats a considerar-lo fill seu i, conseqüentment, no li faltaria res, ni a mi tampoc. Els meus pares, en sentir açò, van apressar-se a aconsellarme favorablement. Tanmateix, jo em vaig alçar i de la porta estant li vaig contestar enèrgicament que mai no ho consentiria, i me'n vaig anar escales amunt. Havia pressentit que si claudicava podien acabar llevant-me l'amor del nostre fill. Ara ell seria el meu fill. Ells havien tingut ja l'oportunitat amb Sergi i l'havien desaprofitada.

Els pares de Sergi no es donaven per vençuts i l'home de confiança insistia davant dels meus pares, perquè ells hi estaven de cara. Jo m'angoixava, i anava creixent en mi un temor irracional per si em furtaven la criatura després de nascuda. I a les nits ho ensomiava, i en els somnis sempre aconseguien furtar-me-la. I jo anava capficada en els meus pensaments i en les meues pors. Anava embogint a mesura que els dies d'embaràs anaven acabant-se.

Ningú no esperava que vingués amb onze dies d'avanç. Quatre dies abans, el metge va dir-me que encara tardaria un mínim de mig mes. Ma mare havia eixit a comprar i jo em trobava sola a casa. Els dolors em feien suar i es concentraven en el meu baix ventre com punxes d'eriçó. Vaig fer un líquid. Havia trencat aigües. El part venia de veres. Em vaig llevar les bragues i em vaig arromangar la falda perquè era incapaç de despullar-me. Els dolors em feien eixancar les cames, tant com podia. M'esforçava a recordar les coses que havia llegit en aquell llibre de formació sexual. Suava, plorava. Volia retenir els meus crits i sempre acabava amb esgarips queixosos. Quan els dolors em venien, m'agarrava als costats del llit i després em tocava la boca de l'entrecuix per si la criatura començava a traure el cap, car la meua panxa m'ho impedia de veure. No es va fer esperar. Va començar a nàixer i llavors jo no vaig tornar a agarrar-me dels costats del llit. Aquella cosa que eixia de dins meu em retenia les mans, com si tingués por a perdre-la, i anava creixent a mesura que els dolors m'empenyien a esforçar-me a traure-la. Una tebior dura, viscosa, anava creixent a poc a poc, i m'adonava que tenia entre les mans un cabet, i quan vaig poder agafar-lo bé, l'empenyia a eixir com si tingués pressa, i no va tardar massa. Vaig romandre un temps, no sé quant, sense poder moure'm. El meu cor semblava que anava a esclatar, que anava a desmaiar-se. Com vaig poder, vaig seure sobre el llit, el coixí al darrere. Entre les meues mans hi havia un cosset que bellugava unes manetes, tot brut de sang, i negre, amb un tros de pell de color rosa. La seua vista era repugnant. Però em va encisar. El cordó umbilical era llarg. Vaig dubtar de tocar-lo. Les meues mans també eren roges de sang. I un gran rodal del llit. No sé com vaig decidir-me a tallar el cordó i fer-ne un nuc amb el que havia quedat. I de pressa, perquè la criatura havia de respirar, pensava jo. Després el vaig sacsejar suaument per veure si gemegava i eixamplava els pulmons. No donava senyals de vida. El vaig agafar entre les meues mans i li vaig pegar unes quantes palmades abans que començara a plorar. Vaig veure el seu sexe, que vaig trobar exagerat, i va ser llavors quan vaig advertir que tenia entre les mans un xiquet. El seu pit es va eixamplar. Respirava. El tenia entre les mans i els pensaments se'm creuaven diversos. I vaig sentir novament la por. El vaig deixar sobre el llit i em vaig traure la resta de la placenta. La vaig deixar caure sobre el terra i vaig tornar a gitar-me perquè notava que em debilitava per moments. Notava com em rajava la sang per l'entrecuix i vaig notar-me com una esquinçadura. Em vaig alçar en busca de les compreses per si em retenien la sang un poc. Amb roba meua vaig tapar el xiquet i vaig anar a rentar-me. Quan vaig tornar, vaig pensar d'amagar-lo perquè no volia que me'l furtaren. El vaig embolicar, com embolcallat, perquè no tingués fred i el vaig posar al davall del llit. Només recorde que em disposava a alçar el cobrellit. Em vaig sentir flotar. Quan vaig despertar-me era a l'hospital. Hi havia dos metges i els meus pares. Havia salvat la vida de miracle. Havia perdut molta sang i van haver de posar-me'n. Com no em deien res del xiquet vaig haver de dir-ho jo.

—No us confessaré on el tinc —vaig provocar-los. Però ningú no em va fer cas. El devien haver trobat. És clar. No van tardar a trobar-lo. S'ho van imaginar.

—¿Què volies fer del xiquet? —va dir ma mare al cap d'una estona, quan els metges que m'assistien hagueren informat que la meua reacció era positiva.

—Vull que siga només meu —vaig contestar-li. Ella va callar.

Durant els deu dies que vaig estar-me a l'hospital van dur-me al xiquet dia per altre. El primer dia no el reconeixia, tan net i tan ben embolcallat. Encara tenia la pell rosada i suau, com envellutada. Mentre el tenia me l'acostava estret contra mi, amb recel, i patia molt quan se l'emportaven, i els repetia que no el perdessen de vista. Jaume em digué que no patís, que no hi hauria ningú que gosàs llevar-me'l, i que tots treballarien perquè no li faltàs de res, puix seria com un xiquet de tota la família.

Quan em van donar l'alta, no em van dur a casa. Van portar-me en un altre barri, i em feren pujar en un segon pis; els dos germans majors m'esperaven a la porta. Van dir-me que uns dies després, només estigués condicionat, viuríem allí, puix no volien que em dugués mals records tenir el xalet dels pares de Sergi sempre al davant.

I durant els primers mesos, mentre el xiquet creixia, notava un buit, com de baladre, del que creix al barranc, lluny dels meus ulls, i vaig manar al Vicent que me'n dugués un ramell. Però de nit el record de Sergi encara m'arrapava el cor i desitjava la mort de son pare. Vaig pensar que aquest amor al qual m'aferrissava com una heura desesperada, feria cada moment de la meua vida i posava un tel de tristor en els ulls del meu fill, i vaig decidir-me a oblidar Sergi, que era com un borralló de neu que s'havia esvaït en la sorra del barranc, i vaig agafar el ramell de baladre que hi havia dins del pitxer, sobre la tauleta de nit, vaig anar i el vaig llançar al barranc, en l'aigua que lliscava tèrbola, aquella aigua ploguda el mes d'abril.

PROPOSTES DIDÀCTIQUES DE TREBALL

Les propostes didàctiques que es troben als llibres d'aquesta col·lecció han estat concebudes com un instrument auxiliar, sempre que calga, de la tasca lectora. Segons els objectius que es pretenguen assolir, segons les necessitats i disponibilitats dels receptors, caldrà fer una selecció més o menys àmplia i més o menys profunda d'aquest ventall obert de possibilitats diverses i variades. També es podrà suprimir, variar, completar o fer tot allò que els docents consideren convenient per tal de fomentar la lectura. Es tracta, en definitiva, de potenciar el plaer per la lectura, tant pel seu caràcter lúdic i creatiu, com pel seu caràcter didàctic. D'altra banda, amb l'anàlisi i la reflexió sobre la lectura es podran treballar nous continguts i aprenentatges interdisciplinars: nocions ètiques, històriques, literàries, etc.

A continuació, us proposem unes quantes activitats numerades que segueixen un ordre lògic d'anàlisi de l'obra, i alhora una certa gradació de complexitat i d'aplicabilitat:

1. La novel·la és estructurada per l'encadenament de dos narradors que conten la història des de perspectives diferents.

1.1. Compara les visions de cada episodi per part de Maria i Sergi.

1.2. Penses que les dues visions responen a dues òptiques diferenciades pel sexe? És a dir, hi ha una «visió d'home» en els capítols en què Sergi és el narrador i una «visió de dona» quan ho és Maria? Raona la teua resposta.

1.3. Podeu debatre a classe si algunes visions típicament masculines o femenines han variat des de l'època de Sergi i de Maria respecte a la teua.

2. Taller d'escriptura: ara tu ets l'escriptor, tu portes les regnes de la narració. Pots triar entre un ventall gairebé infinit de possibilitats lingüístiques i argumentals.

2.1. Escriu un final diferent des de l'òptica que més t'agrade.

2.2. Afegeix un tercer episodi (Maria-Sergi-Tu). Tu, el tercer narrador, seràs la «visió del pare de Sergi», o bé d'algun altre dels personatges importants de l'obra. Utilitza la primera persona del singular. En aquest cas, transmet les idees, el comportament i les reaccions d'un home adinerat, intolerant i conservador. Pots triar l'episodi del llibre que més t'ha impressionat.

3. Al llarg de tota l'obra, apareixen símbols i *leitmotiven* ben diferents. Alguns exemples diversos són els següents: el baladre, la sang, la moto o la mar.

3.1. Tracta de trobar-ne més i explica'n el significat i la funció al si de l'obra.

3.2. Comenta aquests aspectes amb els teus companys i companyes, i comprova si coincidiu, entre vosaltres i amb els protagonistes de l'obra. Així, per exemple, la moto simbolitzava als anys 70 un cert estatus social. Creus que avui continua representant el mateix? Raoneu conjuntament les vostres idees i opinions.

4. De vegades, en llegir una novel·la, ens hi submergim com un personatge més. Aquesta obra, per l'edat dels personatges, i pels problemes que tracta (sexe, amistat, família, etc.), convida a participar-hi. Suposa que tu n'ets el protagonista i trasllada aquests elements a l'actualitat segons la teua perspectiva. Quines són les principals diferències que hi trobes?

5. En certa manera, *Mor una vida, es trenca un amor* es pot classificar com una «història d'amor» amb un final tràgic. Compara-la amb altres històries d'amor famoses, bé siga del món literari o del cinema.

6. Parlant de cinema, aquesta història de Maria i Sergi no deixa de suggerir un munt de possibilitats cinematogràfiques (paisatge, acció, expressió de relacions i sentiments...). Intenteu elaborar en grup un guió i, si disposeu d'un vídeo, convertiu-vos en realitzadors, feu-hi d'actors o actrius, i graveu-ne un curtmetratge.

7. Una altra possibilitat és sintetitzar la novel·la en un nombre limitat i no massa extens d'episodis per fer-ne un còmic. Prova de fer-ne un.

8. Hi ha dos temes que es tracten al llarg del llibre de manera especial: la relació entre pares/mares i fills/filles, i el sexe. Segurament, en el teu entorn, el tractament d'aquests temes és ben diferent; o pot ser, fins i tot, que en aquest temps, el tractament i el funcionament d'aquestes relacions haja canviat molt.

8.1. Intenta explicar les principals diferències entre generacions

8.2. Prova de concretar quin tractament en donaries tu ara.

9. Com que els lectors i lectores sou, possiblement, estudiants del segon cicle d'ESO, i esteu treballant la tipologia textual, convé aprofitar-ne els aprenentatges concrets per millorar la vostra redacció de qualsevol tipus de text. Per repassar les característiques del text explicatiu, elabora una ressenya sobre aquesta novel·la. Recorda que has de ser objectiu, no estàs argumentant les teues opinions!

10. Ara, però, es tracta d'argumentar. Aprofita la ressenya anterior per a elaborar un text argumentatiu, favorable o discrepant, sobre la teua lectura personal del llibre. Recorda de respectar l'estructura de qualsevol text argumentatiu; per exemple, has de vigilar els connectors i el tipus d'arguments que utilitzes per a donar força i credibilitat a la teua argumentació.

11. Per acabar amb el repàs dels teus coneixements sobre tipologia textual, revisa l'obra i assenyala'n alguns fragments descriptius. Explica les principals característiques que fan del text que has triat un autèntic text descriptiu.

12. Sergi i Maria són dos joves com vosaltres. Ben segur, no parlen igual dos joves de les seues coses personals que dos adults que conversen sobre treball o sobre política, o dues persones grans sobre les seues malalties. Aquesta és una de les nostres assignatures pendents: la conversa i l'oralitat. Intenteu imaginar una conversa entre Maria i Sergi, transcriviu-la i graveu-la. En escoltar la gravació, amb l'ajut del professor o la professora, i dels companys i companyes, comprovareu moltes curiositats i problemes que presenta el llenguatge oral.

13. El llenguatge de l'obra té alguns aspectes especials interessants per a l'anàlisi. Un d'ells és l'ús abundant de locucions i frases fetes.

13.1. Extrau-ne algunes i explica'n el significat.

13.2. Busca altres locucions o frases fetes que s'adiguen al context on les has trobades.

14. I un altre dels aspectes lingüístics que cal destacar és l'ús de registres especials: cartes, fragments poètics, petites converses en una altra llengua. Analitza algun d'aquests recursos i explica quin efecte produeixen en la lectura de l'obra.

ÍNDEX

Hi ha qui diu que l'amor apassionat, l'amor capaç d'arrossegar-nos amb la seua força, només tenen la fortuna de gaudir-lo els escollits. El jove Sergi, fruit de l'amor de Maria i Sergi, els protagonistes de *Mor una vida, es trenca un amor*, en serà un. Com els seus pares, també viurà l'esclat de l'amor amb una força arrabassadora i lluitarà contra tot el que es pose per davant per no haver d'allunyar-se de Laura, la filla d'un ric industrial que prohibeix fermament aquesta relació.

Si t'ha agradat *Mor una vida, es trenca un amor,* la seua continuació, *Només la mar ens parlarà d'amor,* t'apassionarà.